Solo Fue Un Sueño

Carlos Andrés Villacorta Morataya

Título: Solo Fue Un Sueño

Ilustracion de la cubierta, diseño y diagramacion: Alondra Villacorta
Imagen de portada e ilustraciones internas: Alondra Villacorta

ISBN 979-8-218-01071-3
1ª Edición, Junio de 2022
Los Angeles California. Estados Unidos de América

Dedico esta novela a mi hija Alondra y a todos las personas, hombres, mujeres, y niños que tomaron la decision de emprender ése exodo, a venirse a pie desde America Central caminando mas de 3000 kilometros con el deseo y el sueño de encontrar una vida mejor y seguridad para sus familias.

Centro América, impera la inseguridad, la impunidad a sus vidas, el asesinato, y la decepcion que no hemos tenido gobernantes honestos.

Muchas de éstas personas no alcanzaron llegar y quedaron en el camino y otros se ahogaron en el río fronterizo, el Río Grande.

Y a muchos niños los metieron en jaulas como animales. Vi un padre que se ahogó con su hija de cuatro años (video) en su afán de salvarla.

SUEÑOS EN LA MAREA

(PARTE 1)

Después de laborar en una de las fábricas de ropa llamadas maquilas, volvía a su hogar María Luisa, madre de dos hijas, una de diez años y la otra de dieciséis. Se había envejecido prematuramente, pues el trabajo extenuante y los malos tratos de los taiwaneses les dan a sus empleados, sumado a todo esto, los sueldos miserables. FÁBRICAS DE ROPA, que se envían en mercados extranjeros, mano de obra barata, casi regalada, salvadoreña, he ahí la explotación y la complicidad de los gobiernos para nuestros compatriotas. Ella entraba a trabajar a las 7:00 a.m. Y salía a las 4:00 p.m. Al mediodía les daban solo 30 minutos para almorzar.

A las 4:30 p.m. Iba a traer a sus hijas a la escuela Domingo Faustino Sarmiento, ubicada cerca de la mencionada fábrica. Sus hijas la esperaban impacientes – En la ciudad de San Marcos – parte de San Salvador – Capital de la Republica de El Salvador, ella era una madre ejemplar y sacrificada por sus hijas, que son fruto de un gran amor, pues el padre de estas niñas viajó a los Estados Unidos de América en busca de "el sueño americano". Hacía cinco años que su esposo Mario se había marchado en forma ilegal con uno de esos "COYOTES", que le llevó hasta la ciudad de México D.F. y no se supo más de él. Eso y todas estas situaciones económicas, era parte del sufriente de esta gran madre salvadoreña, ella esperaba durante todo este tiempo alguna noticia de su esposo y jamás supo más de él, trató de informarse por los medios con amigos y familiares, ella lo creía muerto; Pero gracias a Dios estaba vivo. Todo empeoró cuando su padre enfermó gravemente ya que él venía padeciendo de un cáncer terminal. El padre de María era un anciano de 90 años; fue ingresado en el hospital del Seguro Social, al permanecer 15 días en cuidados intensivos, falleció, como es el triste final de cada ser humano, que muere por un accidente, prematuramente o de vejez. Afortunadamente el Seguro Social le cubrió los gastos funerales y sepelio. Fueron días de dolor y de tristeza.

La interrogante de si su esposo estuviese vivo o muerto por todo lo que les pasa a los que viajan en esas circunstancias como indocumentados, María lloraba en las madrugadas cuando dormían profundamente sus hijas; mientras, ella oraba a un cuadro del corazón de Jesús de nazareno, pensaba y meditaba en los gobernantes que hemos tenido, antes militares, coronelitos de la muerte y ahora ladrones de corbata.

Algo le decía desde muy dentro de su corazón que su esposo estaba vivo, entonces hizo mucha oración a Jesucristo, el hijo del Dios viviente, se arrodillaba cuando llegaba a su casa con sus hijas, recordaba el salmo número 50 versículo 15, que dice así: " Clama a mí en el día de tu angustia y te mostrare mi salvación y tú me honrarás" así mantenía su fe y besaba la frente de sus hijas, recordaba la película La pasión de Cristo, en la que Jesús horrorosamente azotado y masacrado, meditaba en su muerte y crucifixión, fue un crimen, un asesinato.

Ella asistía a la parroquia de su comunidad llamada la iglesia "El buen pastor". Un día domingo al finalizar la misa, el sacerdote organizó una excursión a Esquipulas en Guatemala, ella deseó ir con sus hijas y compró los boletos para asistir con todos los feligreses, el siguiente domingo, se reunieron cerca de la iglesia para abordar el autobús que los llevaría hasta Esquipulas, Guatemala; después de abordar el autobús, todos hicieron una oración para que Dios les bendijese en el viaje, en el trayecto observó los bellos paisajes de nuestra campiña salvadoreña, pasando por Santa Ana, para llegar a Metapán y luego a la frontera de nuestro país, es chiquito "El pulgarcito de América" así lo bautizó la grandiosa poetisa chilena Gabriela Mistral. Premio nobel, chile es pródigo en poetas, pues ahí nació otro premio nobel, Pablo Neruda, universales los dos.

Al fin llegaron a la ciudad de Esquipulas

después de cuatro horas y media, ahí se encuentra su catedral y el Cristo Negro milagroso. Llegan centenas de personas todos los años y de muchos países, llegan a pedir que se les conceda un milagro, después de hacer una enorme fila de casi dos cuadras, para poder entrar en la catedral, haciendo una espera angustiosa. Al fin llegó, digo llegaron, pues ella iba acompañada de sus hijas y cuando se encontraron frente al Cristo Negro de Esquipulas, un fenómeno maravilloso se produjo, ella observó que los ojos de Jesús le miraban como si estuviese vivo y con ellos le decía – hija conozco tu dolor y como has creído en mí y me has buscado. Sé que me amas, deja tu problema en mis manos – entonces, ella sintió una gran emoción, algo extraño recorrió su cuerpo, un calor inexplicable, algo grandioso sentía que le estaba ocurriendo.

Sentía alivio, paz en su alma, su corazón estaba tranquilo. Al salir fueron a caminar por las calles y a comprar algunos bellos recuerdos típicos del país;

Guatemala tiene una gran cultura mesoamericana, descienden de los mayas, quichés y cachiqueles, sus mujeres usan faldas y blusas de vivos colores y a los bebés se los refajan amarándolos a las espaldas, para así llevarlos en sus quehaceres diarios en los mercados.

A las cuatro de la tarde, habían quedado de reunirse para realizar el viaje de regreso y así fué. El autobús estaba estacionado frente al parque, ya habían almorzado en el mercado con sus hijas.

Ella venía tranquila y llena de gran fe. Pues ella había pedido al señor Jesús que tuviera que reunirse con su esposo y que lo conservara vivo. Estuvieron de regreso a las ocho de la noche, ya que Esquipulas se encuentra relativamente cerca de nuestro querido El Salvador.

Una nueva luz llenaba su vida y era que ella había depositado toda su confianza en las palabras de nuestro señor. A él le había entregado todo su corazón con gran amor, lo recordaban sus hijas y le amaban ¡Inmensamente! Olvidaba decir que Mario gustaba de la poesía y recordaba aquellos versos de Alfredo Espino "Un día primero Dios me has de querer un poquito, yo levantaré el ranchito donde viviremos los dos"; ranchito que nunca le pudo llegar a hacer, ellos vivían muy ajustados económicamente y por ese motivo decidió viajar a Estados Unidos, a la brava como dicen y sin papeles, a sabiendas de los riesgos; pidió prestado un poco de dinero a un familiar para pagárselo al famoso "COYOTE" y así realizar su viaje que lo condujo hasta México D.F, y fue ahí donde lo dejaron en el abandono.

¡Así son estos pillos dijo para sí! Pero no se acobardó y siguió pensando ¿Cómo? ¿Hacia qué lugar iría? Pero la idea era llegar hasta la frontera de Tijuana, para luego pasar al otro lado, San Diego, pero las distancias son tan enormes como los riesgos con los policías mexicanos; por medidas de "seguridad", bajan a los pasajeros de los autobuses, si no se les ofrece algo para sus "refrescos" te bajan, te capturan y les quitan lo poco que llevan, así son las cosas, Mario se sentó en las sillas de un pequeño negocio en la terminal de autobuses, que conducen al pasajero a todos los estados de la República Mexicana, meditó bebiéndose un refresco. Solo llevaba un pequeño maletín con ropa y a sabiendas de que no conocía, ni tenía a donde llegar, decidió abordar un autobús que lo conduciría a Mazatlán, bello puerto del pacifico, el viaje transcurrió en cuatro horas y media o cinco más o menos.

Fue conociendo varios poblados, así que

cuando llegó a su destino, se percató que estaba en poder de diez dólares, cuando se bajó del autobús, todo desorientado y con hambre, caminó y caminó sin rumbo fijo, buscaba algún pequeño restaurante, donde poder comer algo, siguió caminando algo así como unas diez cuadras y con su vista buscaba, fue entonces cuando vió un pequeño negocio de comida llamado " Los frijolitos" el creyó que por que decía "los frijolitos" era un lugar económico, entró y se sentó, entonces en unos instantes llegó una joven y le dio el menú y para que no le notara su acento salvadoreño, se expresó como mexicano.

¡Oye chaparrita, tráeme unos huevos a la ranchera, unos frijolitos y una taza de café! El creyó que los precios eran económicos y comió con apetito voraz, lento, pero con deseos de saciar su hambre, cuando hubo terminado, pidió la cuenta, su sorpresa fue grande a la hora de pagar, desconocedor de los cambios de la moneda a pesos mexicanos, así pues, pagó con los únicos diez dólares que tenía, la joven recibió el billete, pero en algo notó ella que no era mexicano y cuando regresó con el cambio, grande fue su sorpresa, pues le dio solamente dos pesos en moneda de México, sorprendido, pero no dijo nada y medito que no era tan económico el sitio en donde había comido, pensó: – me siento estafado –

caminó sin rumbo y llego a un pequeño parque y se sentó en el césped pues estaba cansado y soñoliento; unos niños jugaban y se mecían en unos columpios, derramó lagrimas pensando en su familia y luego se calmó y encendió un cigarrillo, que por cierto era el último que le quedaba de la cajetilla que compró en San Salvador.

El día llegaba a su fin y la claridad se iba extinguiendo, las primeras sombras del anochecer iban llegando y dijo: – Estoy agotado y necesito descansar – Deseaba reposar, pero ¿Dónde? En su angustia buscó una iglesia, quizás dijo la más próxima de aquel lugar y le preguntó a un joven que se encontró, le dijo que no estaba tan lejos, aproximadamente a unas seis cuadras, a mano izquierda. Cuando entró solo había cinco personas, había concluido la misa, se arrodilló e hizo oraciones; pidió por su familia y derramó lágrimas, como estaba tan cansado se fue quedando dormido, poco a poco lo venció el sueño, por unos instantes creyó que estaba en su casa y quedó totalmente dormido, el viaje y el ajetreo de todo ese día fue demasiado.

Sobre una de las bancas de la iglesia, nadie se percató, nadie lo vio, había puesto el maletín pequeño que llevaba como almohada, cuando casi amanecía se oía el canto de los gallos, buscó la salida, la puerta totalmente cerrada, todavía no era hora que la abrieran, trató de abrirla, pero no pudo; fue amaneciendo, el que hacía la limpieza se quedó sorprendido

¿Cómo es que no me di cuenta que este hombre dormía? Fue cuando acudió a llamar al sacerdote preocupado por ser el responsable de cerrar las puertas y que todo estuviese en orden. El sacerdote acudió presuroso y al percatarse de la situación pensó en acudir y llamar a la policía, pero medito, reflexionó ¿Qué hubiera hecho Jesús en esa situación? Le pidió una explicación, deseaba oír la versión de Mario antes de proceder, cuando le narró su historia, se acordó de aquella primera parte de la novela "Los Miserables" de Víctor Hugo, cuando el sacerdote Carlos Myriel, ayuda al personaje central de la novela Jean Val Jean, la novela es un reclamo a la sociedad ingrata de esa época, Napoleón gobernaba Francia, así pues, reflexionó y le ayudó a este pobre hombre que, sin conocerlo, su corazón le decía: Ayúdalo.

Mario le explicó que no se dio cuenta a qué horas se durmió, su cansancio era tan extremo, pero con todo y sus reflexiones, el sacerdote un anciano de casi sesenta años, se le ocurrió probar la certeza de sus palabras

¿De dónde dices que eres Mario? A lo que Mario responde: – de El salvador y usted comprenderá como está la situación allá. Volviéndole a interrogar con una nueva pregunta. – ¡Ah! Y cuéntame algo sobre ese gran Mártir, y fue entonces cuando Mario le narró toda la historia de Monseñor Oscar Arnulfo Romero, asesinado por una prehistórica y cruel oligarquía oficiando una misa en la Capilla del Hospital la Divina Providencia un 24 de marzo de 1980, fue en una colonia de San Salvador, un franco tirador cometió ese crimen de lesa humanidad, el que planificó su muerte, fue un mayor del ejército salvadoreño ya fallecido; pero detrás de él, existe un nido de víboras.

Entonces el sacerdote de nombre Ambrosio le dice: – Veo que eres salvadoreño y me has dicho la verdad, en el nombre de Jesús te ayudaré. Y entonces Mario se ofrece para pedirle alguna ocupación dentro de la iglesia. El padre Ambrosio se retira por unos instantes meditando, llega a la conclusión que realmente Monseñor Romero era un santo y así como lo asesinaron a él, lo mismo hicieron con los sacerdotes Jesuitas dentro de la universidad católica junto con Rutilio Grande como con el humilde pueblo de El Salvador. Mario se arrodilla dándole gracias a Dios por haber encontrado apoyo con el padre Ambrosio y así fue como le dio trabajo de limpieza y que se pusiera a reparar las bancas de la iglesia.

Mario en sus oraciones le pedía a Dios volver a encontrarse con su familia. Pero por el momento tenía resuelto el problema, pues el sacerdote le ofreció y concedió un pequeño cuartito donde dormiría. Así que Mario tenía que portarse bien y agradar en todo lo que fuera posible al padre Ambrosio. Siempre en sus ratos libres salía a caminar sin alejarse mucho y con cierto temor de que alguna autoridad migratoria lo interrogase sobre su situación.

En Mazatlán con gran nostalgia veía los barcos que después se iban alejando con el pasar de los días, Mazatlán es alegre, tiene mucho colorido, es tierra mexicana estado de Sinaloa.

Las gaviotas volaban en alegre desbandada y como a él le encanta la poesía, se acordaba de aquel poema:

//Esta tarde frente al mar //

¡Se va la tarde con sus fuegos al morir el día.
¡Allá en el horizonte vuelan las gaviotas!
como locas muchachas en desbandada,
el astro refulgente arde en llamaradas
y se va lentamente... con sus oros y sus fuegos
al morir el día,
y con ello mis tristezas, mis nostalgias y alegrías,
te busco en el tiempo y en las arenas del mar,
este tiempo y aquel tiempo, que es eterno
y no se termina.

Meditaba en el autor este poema, un tal Carlos Andrés. Las parejas de novios iban y venían tomados de las manos, cercanos al parque en donde se encuentra un busto de Emiliano Zapata. Y así caminando llegó hasta el muelle a curiosear, como los pescadores regresan en sus lanchas cargadas de peces, su trabajo del día, vender pescado para la venta al público, que llegan ansiosos. El mar es inmenso y prodigo, pensó: –¿Por qué habrá tanta carestía y tanta necesidad? Le llamó mucho la atención, que una de las lanchas traia un tiburón de unos cuatro metros calculando a la rapidez del ojo y no podían subirlo, pues el animal medio vivo coleteaba aún, no podían por el peso enorme del escualo que se contorsionaba, dándole casi vuelta a la lancha, pusieron entonces un cable más grueso y fuerte, fué todo un espectáculo, el cable era accionado por la máquina, que comenzó a subirlo y cuando lo puso sobre el piso del muelle, los pescadores rudos y armados de los filosos cuchillos, terminaron con la vida de la enorme bestia marina, me pregunte: ¿Quién es más depredador, el animal o el hombre? Solo recordaba la novela del famoso premio nobel "El viejo y el mar" de Ernesto Hemingway.

En repetidas ocasiones iba a distraerse al muelle y observar todo aquel movimiento y trabajo de los pescadores, cuando ellos regresan a sus lanchas con el trabajo de cada día. Así disimulaba sus penas, pero vivían en su mente los recuerdos de esas masacres y crímenes cometidos en tiempos de la guerra cuando era un niño. Y así lo describe nuestro escritor Carlos Consalvi en su novela "Luciérnagas en el Mozote" y otras tantas poblaciones de nuestra amada patria; niños, ancianos y mujeres embarazadas, etc. Más de novecientas personas asesinadas, a las mujeres les arrebataban los bebés y los mataban ensartándolos con sus bayonetas y lanzándolos al aire, los soldados del ejército nacional. Con libertad de llamarles ¡cobardes y asesinos! Pero ahora nació la esperanza el nuevo presidente de El Salvador, Nayib Bukele, dio órdenes de borrar y quitar el nombre de un asesino en un cuartel del oriente del país y también hizo público el despido inmediato al que le dio muerte a nuestro poeta Roque Dalton, vayan mis felicitaciones y gran respeto para este gran hombre. Todavía queda mucho que hacer, en muchas dependencias y Asamblea Legislativa, en donde ganan sueldos estratosféricos los "padres de la patria" las nuevas generaciones se lo agradecen, El salvador se lo agradece Señor presidente.

Mario siempre permanecía melancólico pensando y repensando en su familia querida, el sacerdote Ambrosio le pagaba algún dinero por la labor de limpieza que hacía Mario dentro de la iglesia y así les enviaba algún dinero a su esposa e hijos, recordaba su niñez, el amor por la patria, aquellos campos bañados de luz, amor que se llevó muy lejos en lo más profundo de su corazón. Su corazón se engrilletó a los recuerdos, Mario se logra ganar la comprensión del sacerdote Ambrosio y le dio una habitación, para que no estuviese desprotegido y un simbólico sueldo.

Mario iba por las tardes al muelle a distraerse viendo a los pescadores realizar sus tareas; en una de esas tardes se encontró y pudo observar a un joven en una silla de ruedas que se ponía a contemplar el azul del cielo, sostenía en sus manos una caña de pescar y se distraía pensando en personas de buen corazón que le daban monedas, reflexionó Mario y se dijo a sí mismo, aunque lejos me encuentre de mis seres queridos y la tristeza me embarga, estoy completo de mis miembros, pues al joven en mención, le faltaban sus piernas; fue entonces que se acercó a él y trató de entablar conversación preguntándole – ¿Te gusta la pesca? Pero un silencio se produjo, el joven rompió en llanto – Soy invalido y he perdido a mi novia en un accidente, iba con ella en mi motocicleta y ... – Sigue llorando – desperté en un hospital amputado – entonces Mario se conmueve y comprende que su visita al muelle no era por casualidad, tenía un propósito que Dios estaba haciendo ver para cumplir su misión, continua su llanto, entonces Mario le pregunta su nombre, a lo que el joven responde:

Me llamo Vitelio Ramón González y me iba a casar ese mismo mes, Mario se conmueve y después de unas cuantas palabras de consuelo le pregunta si desea ir con él a la iglesia, el responde que lo va a pensar, así pues Mario se despide de su nuevo amigo y le promete volver a verle.

Al llegar a la iglesia, Mario le cuenta todo al sacerdote, quien lo escucha atentamente y le dice a Mario – Llévame al muelle, deseo conocer a ese joven. Pasaron dos semanas, esas dos semanas se va con Mario al muelle; Mario estaba sorprendido, pues creía que ya se le había olvidado lo del joven amputado de las piernas, entonces Mario le pregunta – ¿Qué le motiva a ir padre Ambrosio? él le responde: Tuve un sueño hoy en la madrugada, creo que es una revelación del espíritu, está bien, vamos. Mario que llevaba la Biblia en sus manos y unas cámaras para tomar videos, le dijo: iremos en mi carro, pero antes haremos una oración. Fueron quince minutos que duró el recorrido, llegaron, aparcaron el vehículo cerca del muelle, pasaron a una panadería, compraron pan para llevarle a Vitelio, al llegar al muelle, él se encontraba como siempre con la mirada perdida en el azul del cielo y el mar.

Vitelio se sorprendió al ver a su nuevo amigo Mario acompañado del sacerdote, pero no

pronunció palabra alguna, aunque su semblante reflejaba curiosidad, le entregaron la bolsa con el delicioso pan. Mario presentó al sacerdote e iniciaron conversación, el sacerdote habló de Jesucristo y le puso de manifiesto lo que había dicho el hijo de Dios: "Todo lo que pidieses al padre en nombre del hijo, todo y con fe, el señor te lo concederá". Mario me habló de ti y también tuve un sueño esta madrugada, estoy seguro que es una revelación. Vitelio no salía de su asombro y no podía articular palabras, cuando al fin pudo soltar alguna y dijo así: Gracias padre, gracias Mario por venir hasta aquí, me siento conmovido pues veo que Dios no me ha olvidado y veo que esto no es producto de la casualidad, sino que de un plan divino. El sacerdote le entregó la Biblia a Vitelio y juntos oraron.

El sacerdote le hace la invitación de ir a la iglesia y se compromete a ir el próximo domingo, era día viernes. Y fue así como se cumplió su promesa, él ya no se sintió solo. El sacerdote inició la misa y él estuvo muy atento paso a paso de la liturgia de la misa, luego Vitelio llora y hace oración pidiendo que Dios le haga un milagro, se me olvidaba decir que el padre Ambrosio ya lo había confesado y a la hora de impartir la sagrada ostia, estuvo muy atento cuando el sacerdote dijo: Este es el cuerpo y la sangre de nuestro señor Jesucristo... amén.

Vitelio regresó, pues vivía cerca de la iglesia con una hermana, pasaron tres día y el padre Ambrosio conversa con Mario y le sugiere que vuelva a buscar a Vitelio que vaya al muelle, donde le había conocido, pero no fue una simple petición, en realidad fue una orden velada, Mario obedeció finalmente pues estaba bajo la protección del sacerdote y también sugirió que llevase a Vitelio al parque central, los dos predicaron el evangelio de Jesús, pues Mario ya estaba bastante conocedor del amor y milagros, él lo había experimentado cuando llegó por primera vez a la iglesia implorando caridad. Y así fue como se dieron a conocer en esta bella y noble causa que Jesús les dijo a sus discípulos id por el mundo y hacer discípulos, las personas que contemplaban aquella pareja oían atentamente el mensaje, derramaban lágrimas al oír testimonios. Después Mario fue a dejar a la casa donde vivía Vitelio con su hermana, así pasaron varios meses, la presencia de ellos se hacía grata, las personas esperaban con ansias; Mario pedía en silencio un milagro en sus vidas, que consistía en volver a reunirse con su esposa e hijas y también en sus oraciones pedía por Vitelio y recordaba aquellas palabras del evangelio: "Clama a mí y yo te responderé y te enseñare cosas ocultas que tu no conoces y todo lo que pidieres en el nombre del padre, será concedido" y todo es todo.

El siguiente domingo se celebró la misa y como siempre y de costumbre, la iglesia se llenaba, pero ese día no cabía la gente, días antes Vitelio le había dicho al sacerdote que él deseaba un milagro y que orara y que pidiese por él. Le manifestaba que deseaba volver a caminar, el sacerdote conmovido por la fe de Vitelio, medito y pensó en las promesas del hijo de Dios y a la vez se sentía comprometido. Ese día después de finalizar la misa hizo conciencia en sus feligreses y les dijo: queridos hermanos, este hombre que se encuentra con nosotros, en su silla de ruedas es nuestro hermano Vitelio y perdió sus piernas en un accidente, Mario nuestro hermano lo trajo y esto no es una coincidencia, obedece a un plan divino y les pido en el nombre de la sangre de Jesús, que le ayudemos para que pueda obtener una prótesis, vamos a realizar actividades que nos permitan obtener el dinero para dichas prótesis.

Todos estuvieron de acuerdo y las ofrendas fueron duplicadas, pero con buena voluntad y amor, el sacerdote le pidió a Mario que desde ese día se encargara de ir a traer y a dejar a Vitelio.

Mario con el dinero que le pagaba el sacerdote, aunque fuera poco, le enviaba a su esposa e hijas, así era la situación y Mario se sentía más tranquilo. El sacerdote en sus meditaciones se preguntaba, por qué el papa y los que lo rodean permanecen enclaustrados en el vaticano, si los pobres se encuentran en la calle, en realidad Ambrosio era un sacerdote que seguía las enseñanzas de Cristo, el Rabí de Galilea. El padre Ambrosio después del desayuno, hacía sus oraciones y quedaba como en éxtasis recordando a Francisco de Asís que decía que la ceniza era casta porque había pasado por el fuego y meditaba en los milagros de Jesús.

Pasando dos meses y de hacer gestiones con cierta fundación que entrega prótesis, para personas incapacitadas, les visitó un especialista ortopeda, después de haber enviado cierta cantidad de dinero, pues ambas piernas estaban amputadas de las rodillas hacia abajo. Después de conversar y tomarle medidas a Vitelio, prometió regresar en el lapso de dos meses y así fue, la alegría de Vitelio era inmensa al acomodarle y ponerle sus prótesis el especialista dijo que tenía que aprender a dominarlas, pues es algo artificial, le dio charlas y terapias, le sugiere que tuviese fe, Vitelio sintió un gran cambio en su vida, se sentía incorporado a la sociedad y a la vida normal de todo ser humano, decía que era como volver a nacer, iba practicando mucho día con día para dominar las prótesis.

Mario recibe la primera carta de su esposa y le decía que lo amaba y que daba gracia a Dios que estuviese vivo. Le contaba como habían crecido sus hijas y preguntaban por él, entonces Mario se aferra con más fe al plan de amor cristiano y a hablar más y más de Jesús llevando el mensaje por todas partes, ya no tenía ni sentía pena, ni inhibiciones para dirigirse al público, hablaba del ministerio de Pablo Tarso o Saulo que es igual y de su conversión y del llamado que le hizo nuestro señor.

Al principio le fue difícil a Vitelio dominar sus prótesis, caminaba despacio, pero lo más importante era que había superado su dolor, decía que Jesús le había hecho el milagro y que era su Salvador. El sacerdote les había facilitado un megáfono yéndose al parque con Mario a ganar almas, se convirtieron en pescadores de hombres; dentro del público que asistía, que eran muchos y muchos, llegaba una joven que no se perdía ni un solo detalle y con su Biblia en la mano consultaba los Salmos y Proverbios, oraba con fervor, Mario le hizo la pregunta, si deseaba aceptar al Señor Jesucristo en su corazón y entonces la joven dio un paso al frente luego arrodillándose, cuando Mario hace oración por ella, rompió en llanto y pidió perdón a Dios por sus pecados que recuerda y por los que no recuerda. Mario impone sus manos sobre su cabeza y da gracias al señor por su conversión. Ella había escuchado a Vitelio el problema de sus piernas y que había pedido por un milagro en su vida, cuando dijo que deseaba volver a caminar, lo veía cuando llegaba en silla de ruedas y después caminando y hablando de los milagros de Jesús, de esa entrevista con Vitelio, nace una gran amistad con Socorro que era el nombre de ella. ¡Quién diría que se convertiría en un gran amor! Después, iban al muelle con Socorro, Mario y Vitelio.

Tenía unos ojos muy expresivos, de mediana estatura, el color de su piel morena clara, dulce su mirada, hablaba despacio, muy observadora, ella escuchó a Mario decir: En Dios todo se puede y todo es todo. Le comentó a Mario y a Vitelino que también a ella le había ocurrido algo tremendo y solo un milagro pudo salvarla, se sentía en deuda con el Señor por haberle salvado la vida, sucede que cuando fue a una de las bellas playas de Mazatlán, se introdujo poco más de lo normal, en donde se forman las olas, una corriente submarina la arrastró lejos de la playa y estuvo a punto de morir ahogada, por más que luchara por salir, más se alejaba, en ese momento clamó a Dios. ¡Un milagro, un milagro ocurrió! Una gran ola la sacó hasta la orilla de la playa, estaba extenuada. Había sentido de cerca la muerte.

Nace un gran amor entre Vitelio y se convierte en noviazgo, Vitelio le pide conocer a sus padres y así fue, se le concedió y fue bien recibido, conoció a la familia de Socorro, ya no estaba solo, a los dos los unía el amor y el dolor, había muchas razones para amarse y estar juntos y así formar un hogar. Socorro siempre que asistía a las reuniones, narraba con lujo de detalle su testimonio de cómo se produjo el milagro que le salvó la vida, se acordaba y comentaba aquel texto del evangelio que dice así: "Clama a mí y yo te responderé y te mostraré cosas ocultas que tu no conoces" Daba gracias al Señor Dios Padre de Jesucristo y derramaba lágrimas al por mayor, lo mismo hacía Vitelio, todos los veían como una pareja muy amorosa.

Vitelio ya dominaba sus prótesis y comenzaba a caminar lentamente con dificultades, pero lo hacía, los pantalones le cubrían y disimulaban las prótesis, se dieron a conocer en todas las reuniones como la pareja ideal, los conocían en muchos lugares. Cierto día decidieron celebrar una reunión con la familia de ella, pues deseaba que todos tuvieran el mensaje que la transformó y le dio tanta felicidad el haber conocido a Vitelio. La reunión se celebró en el negocio, porque era necesario que los empleados participaran. Llegaron los padres de Socorro, doña Amalia y don Pepe, conocidos por todos; la reunión comenzó a las 7:00 am el inicio consistía con un sabroso desayuno ofrecido por la familia de Socorro. Doña Amalia deseaba también pedir un milagro en la reunión, el milagro consistía en que don Pepe dejase las bebidas alcohólicas definitivamente, pues, aunque se portara bien, era un buen esposo y nunca la maltrato, pero bebía todos los días y eso dañaba y afectaba su salud inconscientemente. La reunión se celebraba en el sitio donde por primera vez llegó Mario "Los frijolitos precios económicos" Ni Mario sabía nada, ni nunca pudo imaginar los planes de Dios. Grande fue su sorpresa, pero no hizo ningún comentario, pensó que la vida nos depara sorpresas, el desayuno estuvo delicioso, habían asistido familiares y amigos. Aproximadamente unas treinta y cinco personas, después del desayuno, todos hicieron una bella oración y se inició la charla y el tema cristiano muy interesante, pues el centro era Jesús, se comentaba como Jesús le dijo a Nicodemo "Tienes que nacer de nuevo" y los milagros asombrosos de nuestro señor como le había devuelto la vista a un ciego, en eso estaban cuando unos sujetos fuertemente armados ingresaron al negocio a robarles el dinero y objetos personales, les pusieron en el suelo boca abajo, los niños lloraban, al momento de irse estaban con un botín, cuando el jefe de los malhechores se percató que en ese mismo lugar estaba sentada en un rincón y llorando su propia madre. Quien asistía como invitada por doña Amelia y don Pepe.

Algo insólito ocurrió: el jefe de los malhechores les ordena a todos que devuelvan lo robado y que todos los ladrones se pongan de rodillas y con la pistola en mano se los ordenaba, ellos en seguida lo hacen y devuelven todo lo robado, los ladrones no alcanzaban a entender el cambio drástico del jefe, pero tenían que obedecer, pues si alguien no lo hacía el castigo era pena de muerte. Por otra parte, el jefe de los ladrones, quien llevaba el nombre de Rodrigo, se acercó a su madre, la abrazó y lloró pidiéndole perdón, todos los que presenciaron la escena se quedaron sorprendidos. En ese momento Mario, Vitelio y Socorro hacen oraciones por el joven quien lloraba su pecado, su arrepentimiento parecía ser sincero. La reunión no llegó a feliz término, con lo sucedido las personas estaban nerviosas y un tanto descontroladas, deseando regresar a sus hogares para meditar sobre el hecho insólito, después de todo nadie quiso denunciar a los ladrones, eso los atormentaba, cuentan los ladrones ya convertidos.

Vitelio, Socorro y Mario se dirigen al muelle a predicar, cuando los pescadores les veían se alegraban y Mario les hacía recuerdo de las palabras de Jesús "Les haré pescadores de hombres" palabras que han trascendido los siglos.

Cierto día por la tarde después de asistir al muelle, Mario se despidió de los pescadores y de otras personas que cada día se hacían más y más. Declino la tarde y llegó la noche. Mario se encaminó hacia la playa, solo era de bajar unas gradas pegaditas al muelle. Sintió que el mar le transmitía algo extraño y es que la vida se había originado en los océanos hace millones de años. Se sintió solo y solo pensó en el creador del universo una leve brisa acarició su rostro, una brisa marina sabor a sal, recordaba a sus hijas y a su esposa, luego una sensación de angustia lo invalidó, las lágrimas rodaban sobre sus mejillas. Después de unos instantes hizo una oración y se fue quedando dormido. Se durmió profundamente y sin sentirlo, fue en la madrugada que despertó y dijo para sí: la playa estaba solitaria, me pudo haber sucedido algo. Empezó a hilvanar ideas y a recordar el sueño que tuvo y que lo dejo impresionado y es que vio que sobre las olas caminaba un ser rodeado de una fuerte e intensa luz, que mentalmente le llamaba y le decía: "No temas, soy el que soy" En el sueño, el cielo estaba cubierto de estrellas, una luna llena, hermosa iluminaba la playa, escuchó nuevamente: "No temas, pues estoy contigo" a la vez la voz, el silencio junto al brillo iluminado por la luna así como apareció como una flama divina desapareció. Mario recordaba cuando dijo que "muchas plagas azotarían a la humanidad, ya que los seres humanos se habían desviado y eran adoradores del becerro de oro y que las grandes ciudades pecaminosas quedarían cubiertas por las aguas del mar" igual como sucedió con la Atlántida.

A estas alturas Mario era reconocido en todas partes, por amistades e instituciones, por ser un hombre entregado a las enseñanzas del hijo de Dios, terminó de despertar, ya había amanecido, el astro aparecía sobre el mar como un disco de oro, dio gracias a Dios por todo lo recibido de parte de su amigo y protector sacerdote Ambrosio, que como siempre le favorecía con un simbólico sueldo, que le serviría para ayudar a su esposa e hijas que aún permanecían en El Salvador, tres grandes milagros se habían hecho realidad, el primero fue, la prótesis para que Vitelio volviese a caminar, el segundo milagro fue a conversión de Socorro quien contaba cómo se salvó de morir ahogada y la tercera la conversión de todos los delincuentes que les asaltaron. Se me olvidaba el amor de Vitelio con Socorro, todos eran milagros de comprobación que Dios existe. Con lo sucedido, en el negocio de los padres de Socorro, ya no quisieron volver a reunirse en dicho lugar, pero decidieron dar el mensaje divino en el muelle, frente al inmenso mar en compañía de los pescadores y amigos. Unas de esas tardes hermosas llenas de alegría y mucho amor cristiano llegaron los padres de Socorro, doña Amalia y don Pepe y llevaban de compañía a su lorito que por nombre le habían puesto Chopito, mascota muy querida por doña Amalia y que lo habían adquirido en cierta ocasión cuando fueron a conocer la ciudad de Guamúchil, Sinaloa, pues en ese lugar se encuentra un museo dedicado a la memoria del gran Pedro Infante, fue allí donde transcurrió su infancia. Sucede que al loro "Chopito" le sucedió algo terrible, pudo haber muerto ahogado, en vista de que los loros no saben nadar, sucedió que un viento sopló fuertísimo levantando los sombreros y algunas pertenencias, como si esto fuera poco, el loro fue arrastrado por el fuerte viento llevándolo hasta las aguas del mar, doña Amalia gritaba angustiada por su loro, las personas que estaban alrededor del muelle veían como lo mecían las olas del mar. Uno de los pescadores, era un excelente nadador, realizó un clavado perfecto lanzándose al agua para rescatar al loro Chopito que sobrevivió un poco mojado, pero con vida. Los observadores del muelle se alegraron y algunos decían Amén. El loro había aprendido a decir Amén. Con la fama de Mario, las personas creyentes daban gracias a Dios que les hubiese enviado a un buen hombre, la idea de repartir comida a los más necesitados había surgido de doña Amalia, la madre de Socorro, lo hacía porque de esa manera ella se sentía agradecida por la recuperación física y espiritual de si hija y Socorro también sentía deseos de ayudar a la comunidad, ella repartía los panes con frijolitos y su vasito de café con su pequeña porción de pan. Esto aumentó las ventas de su negocio desde luego fue una bendición. A Mario le ayudaban para que enviase dinero a su familia en El Salvador y así fue cómo surgió la idea de cambiarle el nombre al negocio "Frijolitos el corazón de Jesús" ya que se repartía ayuda desde las 6:30 a.m. Se les daba a más de sesenta personas, el negocio fue más bendecido, se multiplicaron y aumentaron las ventas, al mismo tiempo tuvieron que contratar a 4 empleados más. Algunos negocios de comida que se encontraban alrededor, se sentían molestos, porque sus ventas habían disminuido. En los momentos libres, Mario les leía los Salmos del evangelio, como también Mario sentía pasión por la poesía y la literatura, le gustaba recordar aquella bella novela política llamada "Dolor de patria" del escritor salvadoreño Rutilio Quezada, cada vez que recordaba esa novela, se le rodaban las lágrimas, ya que recordaba el dolor que se siente al estar lejos de ese pedacito de tierra que le vio nacer. Jesús dice en el evangelio: "Donde está tu tesoro ahí está tu corazón" entonces tomo lápiz y papel y comenzó a escribir estos versos:

Toda la poesía mía,
abre sus pétalos, que sangran de melancolía.
La poesía es un proceso de inspiración divina,
que los dioses le dan a sus elegidos.
Y los besos que me diste cuando dijiste: está amaneciendo.
¡Y que mis ojos eran tus ojos! fue cuando cantó el cenzontle
aquella madrugada fría llena de amor y melancolía y con sus
dulces trinos nos recuerdan a Alfredo Espino.

Nunca nadie ni autoridad alguna intervino para interrumpir la estación de Mario en Mazatlán, con su protección, nada nos sucede ¿Si Dios conmigo, quien en mi contra? Mario recibe una carta de su esposa, ella le hace una serie de comentarios sobre unas caravanas que han partido de los tres países de Centro América; El Salvador, Honduras y Guatemala y que en forma masiva, descomunal y a pie habrían emprendido semejante odisea y que ingenuamente habían creído se les abrirían las puertas de los Estados Unidos, caminando Kilómetros y Kilómetros, madres con niños pequeños dormían en cualquier parte, en donde cayese la noche en los parques, como dice un buen salvadoreño "en el puro suelo" en algunas poblaciones en el estado de Chiapas, los centros de salud daban ayuda y atención médica y en otras partes les albergaban, mientras recuperaban sus fuerzas y continuaran sus marchas, al principio, el gobierno Mexicano dio su apoyo, pues con solo dejarlos pasar ya era una ayuda en su ruta y destino hacia cualquier frontera estadounidense, mirando las cosas desde otra perspectiva, podría decirse que estaba bien, pues demostraba su solidaridad, solo imaginar, caminar y pasar por tantos y tantos pueblos de Honduras, Guatemala y México, pero el gobierno de los Estados Unidos presionó al gobierno Mexicano para que no los dejasen pasar en la frontera de Guatemala y México, nuestra gente centroamericana, sufrió golpes, maltratos, gases lacrimógenos, autobuses que fueron contratados en algunas ocasiones y que se extraviaron, nunca se supo más de esas personas y los que llegaron a la frontera de Tijuana ahí terminó la historia, fueron rechazados, cruelmente maltratados, vi niños llorando por ese famoso gas pimienta y el muro fue testigo cuando el papa Francisco vino en una ocasión frontera del paso Texas y ciudad Juárez, diciendo: ¿Por qué no hacer puentes en lugar de muros? Y pensó que las fronteras son el cerco del egoísmo humano; Mientras Mario meditaba que el hombre debería de cambiar y seguir las enseñanzas del gran maestro, pues el ser humano es una transición entre la bestia y el ángel manejados por sus instintos y por el egoísmo, como pobres criaturas sin consciencia, ninguno de la divinidad latente entre ellos dentro del materialismo, manejados por el buen vivir y el buen forraje. Hasta ahí llego la ilusión de entrar a los Estados Unidos, el muro aún se sigue construyendo, vi niños en los noticieros ahogándose por el efecto de los gases pimientas, debemos de estar conscientes que fuera de nuestras fronteras patrias, la situación es dura y difícil, el desprecio y los problemas que nos presentan las autoridades migratorias, malditas fronteras, en resumen, ya no valemos nada ya estando fuera, lo que puede si valer, puede ser el dinero que llevas en tus bolsillos, que en la mayoría de veces te lo roban. O va a pasar a las manos de las autoridades corruptas que te trasquilan en el recorrido hacia Estados Unidos y si logras pasar, la pesadilla no termina ahí, solo comienzas otra pesadilla si eres indocumentado, estas en grave riesgo de ser deportado. A los famosos coyotes, solo los mueve el dinero y los seres humanos solo son mercadería y nada más, sin importar tu seguridad.

Nuestros gobiernos solo nos dieron falsas promesas, pues hicieron del tesoro nacional y de las ayudas extranjeras que siempre llegaron, haciendo una piñata, tanto en la época de los militares y en estos tiempos no se pierde esa costumbre ¡Pobrecito nuestro país! Creíamos que después de la guerra y los acuerdos de paz, todo iba a cambiar, pero si cambió para ellos y así surgieron nuevos millonarios, esta historia de todos conocida, los que sacaron millones transfiriéndolos a cuentas extranjeras y los que se murieron y los que no se murieron, los que se enriquecieron con las ayudas de Taiwán, en fin, es larga la zopilotera.

Mario le escribió a su esposa y le pide que no viaje en esas caravanas, ella es obediente a su esposo y continuará en El Salvador con sus hijas sobreviviendo con lo poco que ganaba y la ayuda que Mario le enviaba, pero permanentemente.

Mario oraba al despertar a las 4:30 a.m. doblaba sus rodillas, frente a un crucifijo que el sacerdote Ambrosio le había obsequiado con mucho amor, a las caravanas de gentes que pasaron por Mazatlán, él les ayudaba con lo que podía de lo que recibía de la iglesia para los migrantes centroamericanos, pedía en la plaza central y doña Amalia y don Pepe del negocio los frijolitos "El corazón de Jesús" también enviaba su ayuda.

En cierta ocasión una madre angustiada estaba preocupada porque había perdido a su hijo en medio de aquel alboroto de gente, el niño tenía aproximadamente cinco años, Mario la conoció en el parque donde acampaban, fue donde llegó por vez primera, se notificó a las autoridades que colaboraron, pero la búsqueda se tornaba difícil y no encontraban al niño. Sucede que Mario era tan conocido, que no faltó alguien que le diese información correcta en donde lo habían visto por última vez, así pues, encontraron al niño en una casa de una familia muy buena, siempre Dios pone su mano protectora, esa noche Mario se arrodilló frente al crucifijo, comenzaba a orar cuando un fuerte sismo sacudió toda la región de Mazatlán estando arrodillado, se puso de pie, un poco asustado y escuchó una voz que no sabía de dónde provenía: "Mario, escúchame, te he elegido para que sigas mis enseñanzas" Mario volvía a ver a todos lados, pero de repente fijó sus ojos en el crucifijo y pudo observar que cuando el sismo se produjo, se le había desprendido un brazo y una pierna, Mario acude y le pregunta: ¿Eres tu señor? Perdóname, te llevaré al restaurador.

¡No! No me restaures, déjame como estoy, yo soy la humanidad rota, maltratada, ofendida, fracturada por los que no me aman, no me restaures..."Está bien señor, como tú me órdenes" Luego le dio un beso en los clavos perforados en sus divinos pies.

Una luz potentísima inundó toda la habitación y se durmió profundamente, una paz inmensa saturó su alma, se despertó muy temprano y salió a caminar, llegó hasta la playa, él vio el mar y la espectacular salida del astro se le vino a la memoria lo dicho por el ser de la luz, pidió al señor que cuando llegase su hora, lo recibiese en sus brazos. Se arrodilló y pidió perdón por sus pecados, se alegró porque a pesar de todas las adversidades se encontraba con vida; recordó su patria hermosa El Salvador y de aquel poeta glorioso con su poesía comprometida y de gran responsabilidad llamado Dr. Oswaldo Escobar Velado, quien escribió estos gloriosos versos en su poemario "Patria Exacta"

Esta es mi patria, un montón de hombres, millones de hombres, que no saben siquiera de donde procede el semen de sus vidas intensamente amargos, esta es mi patria, un rio de dolor que va en camisa y un puño de ladrones asaltando, en pleno día la sangre de los pobres, cada gerente de las compañías es un pirata a sueldo y cada ministro del "gobierno democrático", un demagogo que hace discursos y que el pueblo apenas entiende.

Las lágrimas rodaron por sus mejillas recordando a su pueblo y a todas sus víctimas.

Lluvia de pétalos.

Las caravanas de los países El Salvador, Honduras y Guatemala, caminaban, dormían a la intemperie de cualquier parte, sufriendo con los pies sangrantes y heridos de tanto caminar, llegaban a ciudades y a poblaciones desde el sur de México, acampaban al aire libre, realmente la gente que les veía llegar, se asustaban, pues nos guste o no, fue una invasión desesperada por llegar a cualquier frontera estadounidense, así las cosas, el problema era que dejaban todo un desorden, reconozcamos y aceptemos que nuestra gente aunque la queramos, no está educada, pasaban como aquellas hormigas guerreras, sin embargo había gente de buen corazón que les ayudaban en su gigantesca odisea. Trayéndome a la memoria el éxodo bíblico, cuando Moisés sale de Egipto con su pueblo, pero analizando las cosas ¿Qué había detrás de todo esto? De este panorama incierto, pues dicen que en rio revuelto ganancias de pescadores, venían infiltrados delincuentes de las pandillas de los tres países. Si nuestros gobiernos hubiesen sido organizados, ofreciendo fuentes de empleo, seguridad, mejor y mayor incremento de programas de salud y si no hubiesen robado el dinero de los pueblos, otra realidad sería la nuestra, todo esto se desató por el hambre, falta de oportunidades y los funcionarios que se hartan de la casa pública, pobrecito es mi país, con una policía contaminada, todo se encuentra contaminado y no se sabe ¿Quién es quién? Que si el policía que te detiene ¿De qué lado se posiciona?

Dicen que la deuda externa pasa de los treinta y cinco billones, impagables, es más grande de lo que vale nuestro pequeñísimo territorio, quisiera explicarme por qué a El Salvador se le dejo la parte más pequeña; hubo también mucha injusticia, así como hormigas con una súper población, hormigas guerreras en terrible angustia y desesperación y una clase ladrona, privilegiada, oligarca y explotadora, poniéndoles siempre la soga al cuello.

Alguien le dijo a un sacerdote que había establecido un albergue para ayudar a los inmigrantes centroamericanos, en un lugar fronterizo "Padre es que son inmigrantes Ilegales" y el sacerdote le responde: No son ilegales hijo, son indocumentados, si la verdadera historia escudriñáramos, nos daríamos cuenta que, en los Estado Unidos, todos somos inmigrantes y los verdaderos dueños son las tribus pieles rojas y otras.

Mario se va después del atardecer a la playa, pensando siempre en su familia, en la mujer amada, en sus hijas, bajo el muelle y como queriendo encontrar más inspiración alza su mirada para ver aparecer las primeras estrellas; Miríadas, ellas iban apareciendo en la medida que entraba la noche.

Pero se encontraba siempre la inquietud que

no dejaba tranquilo su espíritu ¿El porqué de tantas cosas? En el sagrado lienzo, los inmigrantes nunca se imaginaron las enormes penas y dificultades que se encontrarían ¡Imagínese usted caminando desde centro américa! Quedará en la historia y para siempre esta gran odisea.

He visto en los noticieros de la T.V, videos en los que se queda impresionado el que los ve, como los policías de los Estados Unidos maltratan a su gente y a los afroamericanos, si te opones te disparan enviándote al otro mundo; la discriminación racial es otro viejo y grave problema, en resumidas cuentas Estados Unidos ya no es un sueño americano tan mencionado y buscado por nuestra gente, sin embargo la pobreza de este país de esta gran nación es diferente a la de nuestros empobrecidos países, la nuestra toca la miseria, esa pobreza extrema que carcome a los pueblos de Centroamérica y del sur de México, esas poblaciones indígenas olvidadas por los gobiernos corruptos, indígenas que aún conservan sus dialectos Mayas y eso que México tiene la riqueza petrolera, que solo ha servido para hacer más millonarios a los millonarios, mafias y cárteles, todo esto es un gravísimo cáncer en nuestros pueblos, recuerde usted como la mafia de un partido le propició la muerte a Colosio, que pudo haber sido un buen presidente Mexicano.

Una de esas noches Mario soñó que el sacerdote Ambrosio salía a predicar la palabra de Dios y decía así: ¿Cómo es posible que el papa vive en el vaticano rodeado de lujos, como un Cesar de la antigua Roma, con todas las comodidades y los pobres se encuentran en la calle? Si Jesucristo estuviese presente, le mandaría a repetir miles de veces esta lección: "Los pobres se encuentran en la calle".

Mario en cierta ocasión se levantó de madrugada, intrigado porque unos sonidos extraños se escuchaban por su habitación dentro de la iglesia, pues su habitación se encontraba contiguo a la habitación del padre Ambrosio y a través de unas rendijas pudo ver lo que estaba sucediendo, sigilosamente, el sacerdote con un pequeño látigo fuertemente se golpeaba la espalda en memoria de los latigazos que proporcionaron a nuestro señor sobre su espalda y sacratísimo cuerpo y veía como se punzaba las manos con unos clavos para procurarse el dolor que sintió el señor Jesús y se ponía en sus sienes una corona de espinas fabricada por el mismo, es por eso que el sacerdote amanecía soñoliento y en cierta ocasión casi se desmaya oficiando la misa. El sacristán Nicolás, no era tan sincero, pues le robaba el dinero de las limosnas, además enamoraba a las muchachas que le gustaban haciéndoles creer en su fingida bondad, pero este lobo con piel de oveja fue sorprendido por el sacerdote y lo amonestó severamente, el sacristán Nicolás dijo estar arrepentido, pues bien conocía al padre Ambrosio en sus decisiones y por temor, no por arrepentimiento sincero no lo volvió a hacer, se supo de una joven que salió embarazada y que él tuvo que cubrir los gastos, la familia se quedó callada pues temían perder la ayuda económica que les daba el sacristán; siempre la boca callada por el hambre y la pobreza. El sacerdote sabedor de todo esto, reflexionaba y decía en su pensamiento: El que esté libre de pecado que lance la primera piedra. Recordando las palabras del divino maestro, pues él también tenía un secreto escondido, sucede que todos los Miércoles iba a visitar a la viuda Estebana, mujer todavía atractiva, que había heredado una buena fortuna de su difunto esposo, muerto en un accidente, el sacerdote la visitaba y la pasión que sentía trataba de disimularla, era muy cariñoso con sus hijos y con toda la familia, disfrutaba de aquellos instantes de relativa felicidad y pensaba por qué el celibato, que debía ser voluntario y no una obligación, para todo aquel que desee ser sacerdote, fue por esa razón que Martin Lutero huyó para Alemania, pues de lo contrario hubiese muerto en la hoguera y entonces reflexionó: "Antes de ser sacerdote nací y soy hombre ¿Cuál es entonces el pecado que yo ame a una mujer?

Por otro lado, Mario deseoso de encontrar fortuna y estando pendiente que llegaría su esposa, decide unirse a un grupo buscadores de perlas y decide adquirir con unos pequeños ahorros el equipo de buceo, que por cierto encontró en unos almacenes dedicados a vender lo necesario para esa actividad tan interesante y peligrosa.

Así, Mario se hizo del equipo y se unió al grupo de buceadores, que buscaban perlas naturales en las rocas, se sumergían a una profundidad de doce a quince metros, en ciertos lugares ya conocidos por ellos y apropiados para encontrar perlas, al principio cometía una serie de errores para su falta de experiencia, pero su entusiasmo superó su problema y al lapso de dos meses iba a prendiendo más y más en sumergirse y evitar encuentros con los tiburones que siempre merodeaban en el lugar, con cincel en mano y martillo picaba, rompiendo rocas y desalojando ostras, su lucha era constante, pues es en las ostras que se encuentran, cada vez extraía más ostras, que por cierto, no todas contienen

perlas, el fenómeno se da de vez en cuando. Raras veces con el tiempo ocurre el milagro; mientras y minúsculo grano de arena entra en la perla se forma con el mecanismo de defensa llamado nácar hasta que, esté al pasar del tiempo se va formando, son muy apreciadas y a un precio muy estimable en las joyerías, o los que las compran para engarzarlas en un anillo para que lo luzca una bella dama.

En cierta ocasión, estuvo a punto de ahogarse, pues se le olvidó que el tanque de oxígeno estaba casi vacío y había que cargarlo, olvido que casi le cuesta la vida, profundizaba a más de doce metros, en ciertos lugares de esas costas de Mazatlán, en ciertos lugares cerca de los acantilados, le habían advertido que no se alejara mucho, en compañía de otros buzos buscadores de perlas, pero estaba entusiasmado por descubrir más y más bancos de ostras que pudiesen tener perlas. El caso es que a Mario poco le faltó para que un tiburón lo atacara, pero gracias a Dios paso de largo y no lo atacó, se quedó de una sola pieza, se quedó paralizado, se le congeló la sangre y así pasaron meses revisando ostra por ostra, Mario tenía la necesidad de encontrar las perlas, pero no encontraba nada, eran tantas las que extraía que hasta las regalaba o las vendía, las ostras es un marisco, más bien un molusco muy apreciado por ser tan sabroso y por su alto contenido en calcio ¡Y con una cervecita bien fría sabe mejor!

Mario, después de atender las labores de la iglesia que era un compromiso adquirido con el sacerdote en gratitud por haberle ayudado cuando llegó de El Salvador pidiendo posada en la iglesia, tenía que ser agradecido con él, poco le faltaba para renunciar a su nueva aventura de buscar ostras, que era una peligrosa actividad, pero algo le detuvo el instinto de persistencia y decía: "El que busca encuentra" fue así que en una de esas tardes que seguido de su entusiasmo más que de su conocimiento, comenzó a cincelar las ostras para abrirlas, esa tarde había colectado veinte ostras, entre pequeñas, medianas y otras más grandes, su sorpresa fue cuando una de ellas se encontraba el deseado y tan ansiado hallazgo, la perla estaba ahí, no era tan pequeña y estaba tintada de un color grisáceo y nacarado con detalles bellísimos, su sorpresa fue tan grande que se olvidó de las demás ostras, alguien las recogió. Ocultó su secreto, lo guardó en su mochila y se puso a meditar que cuando se pide con fe y se espera algo en forma anhelante de que llegue, ese deseo se hará realidad, esto sucede por un misterio cósmico del universo, no podría explicar el porqué del misterio, pues todas las fuerzas del universo colaboraron y la petición fue cumplida "Todo lo que pidas al padre en nombre del hijo será concedido" palabras del evangelio, guardó su tesoro la veía y no creía, se dio una tregua, trascurrió una semana sin acercarse al mar, sus compañeros lo extrañaban y entonces volvió a la carga, se acordó del sitio y la profundidad sin comentarlo con los otros buzos, quedó su secreto en lo más íntimo de su ser, continuo en la búsqueda, buceó en el mismo sitio, se encontró con arrecifes de coral era un mundo acuático tan extraordinario, vio muchos tiburones que merodeaban, pero mientras ni percibían olor a sangre no existía peligro, fue así que continuó su búsqueda, los tiburones pasaban desapercibidos, pues los nervios todavía le traicionaban, los buzos expertos le explicaban que la experiencia llega con la práctica, estando en aquel mundo marino contemplaba todo un universo bajo el agua.

En Mazatlán y sus playas "La isla de los pájaros" "La de la piedra" y "la de los venados" de aguas tranquilas y cristalinas. El lugar donde iban a buscar y buscar ostras para extraer las perlas si la encontraban, en cierta ocasión, conversando con un anciano, le dijo que en su juventud fue buzo y le explicaba que las perlas son pequeñas esferas muy valiosas y que se forman con el paso del tiempo, en unos seis años aproximadamente, las esferas de nácar llamadas perlas y continuaba explicándole que las ostras son moluscos, que se encuentran vivas dentro de la concha cerrada y empotrada en la mayoría de veces en las rocas marinas, se encuentran de esa manera por un mecanismo de defensa para protegerse de los peligros externos, pero en algunas ocasiones entran en ellas algún elemento no deseado, esta reacciona y se protege cubriendo la partícula con una mezcla de cristales, dicha sustancia es llamada nácar y al paso del tiempo se va formando, con un granito de arena que penetra, lo encierra y de lo que la ostra expulsa llamémosle llanto de ostra, se forma la dichosa perla, las hay de diferentes tamaños y colores; azuladas, grises, nacaradas, moradas y así continuaba buscando más ostras con un afán y ambición desmedida, después de catorce días, encontró en una sola ostra siete perlas pequeñas color gris, junto con la que encontró, sumaban ocho perlas, pero reflexionó que estaba poniendo en riesgo su vida, los tiburones amenazaban o también podía ahogarse o un simple descuido podía arrástralo a mayores profundidades, entonces pensó en ir a una joyería para valorar el precio de las perlas, deseaba venderlas a buen precio por todo el trabajo que había realizado, de igual manera para poder darle dinero a su familia, no podía evitar la sensación de soledad, hacían falta en la vida de Mario su esposa, ella ya no estaba tan preocupada, ella conocía su carácter, ordenado sin vicios, Mario tenía un gran respeto por la vida, era un hombre con valores morales y espirituales y sobre todo, había encontrado a Dios el primer día que entró a la iglesia en Mazatlán conociendo al sacerdote Ambrosio, quien le dio su protección, con todo lo acontecido, Mario dijo para sí: Haré lo mismo con mi prójimo cuando necesiten ayuda. Cada vez que visitaba la isla de las aguas tranquilas, sentía que la brisa marina le traía recuerdos de su país, de sus playas bañadas de sol, realmente América latina tiene mucho parecido, estamos unidos por lazos culturales y étnicos y por si fuera poco la lengua que nos dejó Cervantes.

Estando en cierta joyería, después de haber visitado varias de las localidades y consultando diferentes ofrecimientos en cuanto al precio se refiere, decidió al fin vender las perlas si ¡Eran ocho perlas preciosas! Se las pagaron a cien dólares cada una, sumaban ochocientos dólares en total, que convertidos en pesos mexicanos, era bastante considerable para Mario, dada la situación económica, Mario recibe con alegría el dinero, esto lo entusiasmaba más y más pues la labor de buscar perlas no había sido para nada fácil pero el resultado fue reconfortador, como lo había mencionado antes, Mario y sus compañeros buzos bajaban a doce y quince metros de profundidad, arriesgando sus vidas, era el precio que había que pagar, también a Mario le gustaba el deporte de la natación y el Buceo, le resulto un deporte distinto con muchísimo más riesgo pero confortante.

Se dirigieron a la isla de los pájaros, pues en ese lugar habían encontrado perlas, nuevamente se sumergieron comenzando el trabajo titánico, cada quien iba con sus tanques de oxígeno, uno de ellos llevaba un arpón, una especie de flecha poderosa, por si acaso se presentaba una situación extrema, ya había pasado más de una hora y habían recolectado algunas ostras, con gran esfuerzo tuvieron una sorpresa desagradable, se aparecieron cuatro seres con forma humana hasta el vientre y lo demás era pisciforme, es decir con cola de pez, no se podía definir el sexo pero eran sirénidos, ellos observaban

a los buzos sin atacarlos, tenían cabello y sus rostros eran un tanto extraños, daban la impresión de evolución detenida en el tiempo y que habían seguido en otra dirección, su asombro fue intenso, quedaron paralizados por unos instantes y así como aparecieron, desaparecieron en un abrir y cerrar de ojos. Mario sintió una presión en el pecho como un infarto y los otros compañeros, aunque poseían gran experiencia, no podían explicarse el porqué de este inusitado fenómeno, Mario ya no deseaba volver a sumergirse, pero sus compañeros lo animaron a continuar, diciéndole a Mario, esto nos demuestra los secretos que encierra el océano y que el bello cuento de Adán y Eva es muy infantil

El cuento de Adán y Eva está hecho para aquellos que no alcanzan a comprender el proceso maravilloso de la evolución, que definitivamente no niega la existencia de un divino creador, pertenecemos al reino animal, con un proceso de cerebración única, quien sabe que más misterios encierra el océano ¿Por qué desaparecieron algunas especies y otras sobrevivieron? El caso es que Mario volvió a bucear y obtuvo buenos resultados, pues encontró más perlas. Mario llegó a reunir treinta y cinco perlas de diferentes tamaños y colores que poco a poco iba vendiéndolas en diferentes joyerías de la ciudad de Mazatlán, así llegó a reunir suficiente dinero comunicándoselo a su esposa, también, sugiriéndole que emprendiera el viaje, pero con Visa legal por avión, pues lo de las Caravanas había sido un total fracaso y así fue, ella realizó el viaje con sus hijas, todo fue un éxito, ya Mario había rentado un pequeño apartamento para recibirles, el día que llegaron fue muy emocionante, ella se puso una rosa sobre su pecho y vestía toda de negro para una fácil identificación, sus amigos buceadores acompañaban a Mario al aeropuerto, el encuentro fue un mar de lágrimas, después de tantos años de espera el amor no se había enfriado, era el mismo amor. Abordaron un taxi y se dirigieron a donde sus amigos don Pepe y doña Amalia dueños de "Los frijolitos El corazón de Jesús" en ese lugar se encontraba Vitelio y Socorro dándoles la noticia de su compromiso matrimonial, se me olvidaba decir que también se encontraba presente el Sacerdote Ambrosio y la viuda Estebana ya que eran muy buenos "amigos". Se ofrecieron palabras de bienvenida y bendición a la familia de Mario, deseándole lo mejor y una grata y permanente estadía, después de concluida la reunión, Mario y su familia se van caminando al apartamento, pues estaba cerca, muy cerca, ellas se sentían muy felices; ya Mario había adquirido algunos muebles, el apartamento incluía dos recamaras, una para los niños y otra para ellos dos, Mario decide quedarse definitivamente en Mazatlán y arreglar la estadía con su familia, pues Mazatlán le ofrecía mucha tranquilidad.

Las marchas en las caravanas no cesaban, la gente seguía sufriendo perdidas y maltrato, parecía un éxodo, como cuando Moisés condujo a su pueblo por el desierto hacia la tierra prometida, cuantos espejismos y falsedades hay en la vida, le comentaba Mario a su esposa, no se sabe cuántos llegaron a las fronteras Estadounidenses, se supo de un padre de familia que murió ahogado junto a su hija y las humillaciones que pasan nuestros hermanos de Centroamérica, pensó en los niños enjaulados como animales, victimas del sistema migratorio, solo me trae a la memoria el canto de “Bracero” interpretado por el inolvidable Pedro Infante, escúchala y llorarás, amo a mi gente, amo a mis hermanos latinoamericanos que Dios nos bendiga, Mario recordaba todas las injusticias y toda la corrupción de nuestra querida patria El Salvador, en su juventud, fue admirador de José Napoleón Duarte del partido Demócrata Cristiano "el del pescadito verde". Recuerda con tristeza como lo maltrataron, sacándolo de a golpes de la embajada venezolana, violando así el derecho internacional y la masacre de Julio en 1975, para con los estudiantes universitarios crímenes brutales, por un gobierno y un presidente impuesto, un tal coronel, no recuerdo ni el nombre, al parecer llamado Molina, las elecciones eran una farsa, nuestro pueblo siempre ha sido víctima, somos un país con promesas vacías; por esa razón tuvimos una guerra de doce años que culminó con los acuerdos de paz, en México Chapultepec, un coronel fue director de la Escuela Militar que aún se encuentra preso, fue quien llevó a cabo la operación y muerte de los sacerdotes Jesuitas españoles de la Universidad Católica y otro que está en prisiones Españolas por el mismo hecho, así pues Mario Escéptico ya desligado del sacerdote Ambrosio, pero siempre agradecido, ahora tenía gran amor por la búsqueda de perlas, ya había tenido buenos resultados económicos, así su entusiasmo creció más con la venta a las joyerías, pero un día a un compañero de buceo le arrastró una corriente submarina y después de una intensa búsqueda se dieron por vencidos, ya que nunca lo encontraron, todos ayudaron a su esposa, suponían que el cadáver lo despedazaron los tiburones, fue por eso que María Luisa la esposa de Mario, le pidió que nunca más volviese a bucear, trascurrieron dos meses y Mario ya no iba al mar, los ahorros iban disminuyendo, Mario se encontraba sumamente preocupado pues las perlas habían procurado mucha tranquilidad económica y sus hijas necesitaban ropa y pagos de colegiatura. Su esposa le sugirió que buscase otra ocupación menos peligrosa a lo que Mario estaba de acuerdo, pero él sabía que la venta de las perlas era un negocio muy rentable para solucionar problemas económicos, para colmo de toda la situación, su esposa estaba enferma y tenían que operarla, era una situación muy urgente puesto que su apéndice estaba a punto de estallar, los dolores eran fuertísimos y urgía una operación de emergencia.

Mario se fue con ella para el hospital, se tuvo que comprometer con un crédito sin saber cómo haría para pagar dicho crédito, fue un momento de angustia, ya que le dijeron que si, en el hospital firmó unas letras de cambio, la necesidad que tenía era grande que no importaba lo que tenía que hacer para conseguir el pago, su actitud y decisión en ese momento era indispensable, entre la angustia y desesperación tuvo que elegir ese resorte maravilloso que fue lo que lo impulsó nuevamente a la búsqueda de más perlas, entonces fue a preparar su equipo y al día siguiente se encontraba ya listo, nuevamente se dirigió a la isla de los pájaros, donde él había buscado anteriormente, arrodillándose en aquella soledad sobre la arena y bajo el sol y frente a un panorama extraordinario pidió con fe a aquel que vino hace más de dos mil años, se colocó el equipo y se sumergió; esta vez se encontraba solo sin sus amigos, pero Dios estaba con él, en la mente y en su corazón tenía a su familia, cuando se actúa así, con esa fuerza extraordinaria que solo Dios nos las da, no existe duda, todo se encuentra a favor; al sumergirse iniciaba la lucha, con el equipo necesario y ubicando el lugar empezaba a cincelar las rocas marinas, extrayendo las primeras ostras, llevando aproximadamente 45 minutos; es cuando entonces aparecieron los seres, los sirénidos; Mario sintió horror, la sangre se le congelo, creyó ser atacado y se acordó de su esposa que le había pedido y suplicado que no volviese a buscar más perlas, pero los seres no le atacaron, hacían señas como deseando comunicarse en un lenguaje mímico incomprensible, Mario se quedó paralizado, el arpón lo tenía con una correa atada al pecho y la espalda, pero no lo estaban atacando, ellos intentaban decirle algo, fue cuando entonces apareció un gigantesco tiburón de casi nueve metros, era un Megalodón prehistórico que aún quedan algunos, los seres tratan de cubrir a Mario para protegerlo, Mario se da cuenta que los seres están ayudándole mientras tanto el tiburón enorme empieza a rodearlos haciendo círculos, Mario reacciona con el arpón que al dispararlo, penetra el costado izquierdo de la bestia marina, al herirla se contorsionaba y fue así que se dio de la retirada, los seres sirénidos lo ayudaban a romper las rocas y a subirlas, se unieron cinco sirénidos más, un total de ocho seres ayudándole, entre todos, subieron el gran fragmento rocoso ayudándole a colocarlo en la playa con la mirada le dicen ser sus amigos, retirándose de una manera peculiar, su cuerpo era pisciforme del vientre hacia abajo eran de color verde oscuro, Mario creyó estar soñando, se tendió en la arena extenuado se duerme, pasaron dos horas hasta que le despertaron unas Gaviotas, eran muchas y fue entonces que empezó a ordenar su pensamiento; pensando si fue realidad, fantasía o un grandioso sueño, el trozo de roca estaba ahí preguntándose? el trata de entender el mensaje ¿Qué había dentro? Con el martillo comienza a fraccionar y romper la roca en pedazos. ¡Enorme sorpresa! Mario encontró vetas de color amarillo entre mezclados, eran fragmentos de oro, era oro puro, una mina de oro bajo el mar, desprendió y desprendió el metal por pedazos y ya seguro de lo que era extrajo lo más que pudo, todo lo colocó en su mochila, le resultó que pesaba mucho, pero valía la pena llevarlo, al día siguiente, después del desayuno, sus hijas preocupadas le comentan como haría para pagar la deuda del hospital, Mario se dirigió a la joyería y en su mochila llevaba buenos trozos del precioso metal pero aún dudaba, tenía que comprobar y consultar con el dueño de la joyería llamado Ricardo, al verle llegar le agradó su visita y le preguntó : ¿Ahora cuantas perlas me traes? Mario le responde: No le traigo perlas, pero deseo que me saque de la duda si esto es oro. Don Ricardo siendo un experto joyero, era un hombre de 65 años, fue a su pequeño laboratorio y trajo consigo un lente especial y comenzó a examinar revés y derecho los trozos de roca mezclados con vetas amarillentas.

¡Mario! Contesto sorprendido el joyero, ¡Efectivamente es oro!, ¿Dónde lo encontraste? Mario no pronunció palabra alguna, quiso ocultar el misterio de los sirénidos, igual si Mario le hubiese contado, no le hubiera creído. El joyero continuó preguntándole: ¿Pero dime, al menos lo vendes? A lo que Mario contesta: Si Don Ricardo, a eso he venido pues mi esposa ha sido intervenida quirúrgicamente y le han extraído el apéndice, tengo que pagar la cuenta en el hospital, ya que conocen al sacerdote Ambrosio me han aprobado el crédito, pero no sé exactamente cuánto me cobrarán. Mario insiste en que lo valore, Don Ricardo le pide que le dé tiempo hasta el siguiente día: - Pues ahora no puedo darte una valoración.: Pero Don Ricardo ¡Es urgente!

Está bien Mario, vamos al hospital a pagar las cuentas. Llegaron y pidieron la cuenta, a lo que la enfermera le dice a Mario que su esposa se encontraba fuera de peligro, le da cuenta y le informa que su cuenta es de $190.00 dólares, don Ricardo extendió un cheque y asunto arreglado, mencionándole que llegara al siguiente día y que arreglarían cuentas. Mario de tan alegre que se encontraba no prestó mucha atención, pero al día siguiente, fue a dar gracias a Dios, esta vez no fue directamente a la Iglesia, fue a un lugar solitario que se encontraba cerca del muelle, donde se encontraban unas enormes rocas bañadas por la marea, después recordó que Don Ricardo le había dicho que lo iba a esperar al día siguiente. Al llegar a la Joyería Don Ricardo le comentó que tenía buenas noticias, ¡Es oro puro! de 24 Quilates, alégrate. Hicieron cuentas, el señor Ricardo le pone de manifiesto que tuvo que trabajar hasta casi media noche para realizar la tarea de limpieza, pues el oro, se encuentra en su estado natural hay que limpiarlo, retirarle las impurezas. Nosotros los joyeros lo sabemos y hay que alearlo con otro metal para hacerle más resistente. Mario solo escuchaba las palabras del joyero y comerciante, dándole explicaciones que él no entendía, Mario solo deseaba que le dijese a cuanto ascendía su valor económico.

Bueno Mario, tu sabes que somos buenos "amigos" y te he ayudado desde que trajiste las perlas, Mario sabía que estaba rodeando la plática y preparando el terreno para rematar el precio. ¿Cómo cuánto me va a dar Don Ricardo?: Bueno Mario, descontando el precio de la cuenta del Hospital, te daré $800.00 dólares. Mario no sabía si estaba en lo justo, pero aceptó, lo que si sabía es que tenía una gran necesidad para cubrir los gastos de su hogar, a lo que Mario contestó: Esta bien don Ricardo y le doy las gracias, Mario recibió un cheque y se dirigió al banco, don Ricardo sabía que lo que Mario había extraído en oro valía mucho más, pues, aunque le quedaban unos pedazos de oro que no los valorizó a Mario no le importaba, pues sabía que había mucho más en la mina bajo el mar. El sospechaba que don Ricardo se había quedado con unos pocos pedazos de oro, pero al fin de cuentas lo había ayudado desde que le ofreció las perlas y no debía de ser tan exigente; llegó muy contento a su casa, compraron lo necesario, su familia rebosaba de alegría y celebraron el regreso de su madre.

El lorito de doña Amalia había aprendido a silbar y a "piropear" a las muchachas que llegaban al negocio, diciendo "Mamacita chula te quiero" tanto así que doña Amalia por recomendaciones del sacerdote, fue al mercado de la localidad para encontrarle una novia y así el lorito pudiese despejarse de su celibato, se sentía triste por falta de pareja y se le estaban cayendo sus plumas.

Era un secreto a voces lo del padre Ambrosio con la viuda Estebana, pero nadie se atrevía a cuestionarlo, dado que el sacerdote era muy amoroso y respetado por todos y con las causas justas y nobles, pensaba si renunciar a su vocación iba a ser lo más correcto, clamaba a Dios por sabiduría y se preguntaba:" ¿Por qué la iglesia católica instituyó el celibato?" por qué la iglesia desea que permanezcamos vírgenes, tanto que no cesaban sus por qué, esa noche soñó con el anticristo y con "el lobo de piel de oveja" : ¿Seré yo? ¿Seré yo? Decía.

LA HISTORIA DE UN GRAN AMOR

(PARTE 2)

Mario se había vuelto tan popular por sus acciones en pro de las causas justas, colaboraba estrechamente con el sacerdote y en muchas ocasiones las personas acudían a Mario y no al sacerdote en busca de consejos, Mario en sus meditaciones, recordaba como un gobernante salvadoreño, había hecho desaparecer en forma mágica y rápida treinta y nueve millones de dólares que le habían enviado para construir un nuevo hospital de maternidad, el dinero fue a parar a paraísos fiscales y habían construido una residencia valorada en doce millones de dólares, residencia que fue confiscada a dicho ladrón de los dineros del pueblo Salvadoreño, los mismos gobernantes, y sin querer que nadie se diese cuenta, recibieron ayudas internacionales que desaparecían en manos de un pequeño grupúsculo de funcionarios, el pueblo nunca se dio ni cuenta, desde los gorilas con uniforme hasta ladrones de corbata, El Salvador como una franja de tierra en Centro América, una pequeña franja de tierra cerca del océano pacífico, nuestra patria chiquita cuenta hasta este momento con 21,044 km2, pero es mi tierra, mi linda tierra, así te amo mi Cuscatlán, lágrimas de agradecimiento rodaron por sus mejillas y pensó. ¿Quién soy? Si no más que un espermatozoide entre millones, que penetró el ovulo de mi madre. Ya que Dios le había bendecido, fue a extraer más oro y por cierto fue la última vez, debido a que ya no quería arriesgar su vida y con el dinero, compró en las afueras de Mazatlán una casita, rodeada de árboles frutales, compró un hermoso caballo garañón, en el que solía pasear para distraerse, además, compró dos vacas paridas para que le dieran leche.

Sucede que Mario se encontraba establecido esposa e hijas, de vez en cuando salía a distraerse montando su bello potro color negro azabache y las vaquitas que compró le salieron muy buenas, pues cada una les daba entre 10 y 12 botellas de leche, leche que vendía a los vecinos y de ella hacías derivados como requesón y crema; además se olvidaba decir que también había comprado 20 gallinas ponedoras y vendían con los vecinos los huevos, como podéis ver, Mario obtuvo una buena cantidad de ganancias, primero con la venta de las perlas y después con la mina de oro, que había encontrado bajo el mar en la isla de los pájaros, creemos que Mario de vez en cuando iba a buscar perlas..., en las ostras o a extraer pedazos de oro – y lo hacía sin que su esposa se diese cuenta pues le había dicho que se olvidara de esa actividad por ser tan peligrosa así las cosas.

Sorpresa grande se llevó el Mario cuando una tarde apareció de visita en su casa el sacerdote Ambrosio acompañado de la viuda Estabana. También lo acompañaba Vitelio; con Socorro, ya casados, el caso es que el sacerdote le dijo que la visita obedecía para informarles que se casaría con la viuda Estebana y que renunciaría a su hábito sacerdotal. Y pensó que estando ordenado legítimamente y tras haber ejercido su ministerio; había optado por pedir dispensa de sus obligaciones al Papa. Para contraer matrimonio, y como estaba enamorado, deseaba contraer compromiso matrimonial, el presentó una carta solicitando dispensa del "celibato", y así fue, obtuvo la aprobación y dispensa del Papa.

El sacerdote Ambrosio le dijo a Mario que se había sentido muy triste desde que el abandonó la iglesia, pero a la vez le daba gracias a Dios que Mario se sintiese realizado al estar reunido con su familia, fuertes abrazos se dieron todos, pues a ellos les unía un fuerte lazo espiritual y de amor; como a ustedes deben de saber que, para ser sacerdote, se estudia mucha teología, filosofía, derecho canónico, etc. Pero a las personas se les ha tenido con velo de engaño sobre la figura de Jesús- ¿Cómo es eso? Le pregunta Mario y todos atentos respetando la palabra del sacerdote. Entonces dijo les explicare:

La espiritualidad es otra cosa.Va más allá de la lógica. Es subjetiva cada quien con su experiencia y que cada una de las religiones dice: "esta es la única forma" "nosotros tenemos la verdad" cuando la única verdad es Jesús, y que a Jesús lo condenaron por atentar contra los intereses de la época y que el Jesús que seguíamos no es el Jesús que realmente fue.

Es una imagen creada para generar una forma de control social pues Jesús promovía el amor, la compasión, la humildad, el autoconocimiento, la meditación, etc. Son valores de la esencia divina.

Jesús no fundó el cristianismo, lo fundaron otros que surgieron después de él, nos dejó la semilla del amor, los seguidores, los clérigos y los emperadores Romanos, como Constantino, emperador romano en el año 306, Constantino El Grande, y todo esto se hizo para darle una versión diferente a la realidad, y así tener sometido a los pueblos, y por lo que les he expuesto a ustedes vengo a informarles que deseo ser feliz con esta buena mujer, a la que amo y respeto, y deseo casarme. Todos se encontrarán sorprendidos, ante tan gran declaración, enmudecieron por unos momentos respetando la palabra del Sacerdote Ambrosio. Admirados, sería de la palabra correcta por tan grandiosa declaración; te hablan de un infierno dijo.

¡No! el padre de Jesús es otro, es el Dios del amor, no del Dios que manda al infierno a que se quemen sus criaturas, es Dios del perdón, el deseó que las criaturas sean inmensamente felices y que le amen, te meten miedo y te domestican, eso del celibato deberían ser voluntario no obligatorio pues se opone a las leyes naturales, por esa razón deseo que ustedes sean mis mejores testigos del amor que siento por esta mujer, y tenemos derecho a ser felices, todos callaron y se unían al pensar del sacerdote, y se consideraban todos. Parte de una familia a la que los unía el amor. Luego se arrodilló y exclamo: PADRE TE HE CUMPLIDO con mucho amor, ahora deseo ser un humano, un hombre y nada más...déjame ser como una criatura, de tu creación, deseo ser libre y nada más.

Pasaron aproximadamente seis meses, hasta que llego del vaticano, y del arzobispado de la ciudad de México D.F. el cambio y la restitución llegó otro sacerdote que se hizo cargo de la iglesia, ya el sacerdote era libre y podía llevar una vida normal con la mujer que amaba. Así las cosas, nuevamente visita a Mario para que lo condujera a la isla de Los Pajáros, pues allí pensaba pasar la luna de miel, con Estebana, ya que se había convertido en su esposa.

Así pues Mario le condujo a la isla de Los Pajáros, cuando llegaron le dijo regresen en cuatro días, Mario le puso de manifiesto que era peligroso que se quedara solo con Estebana, a lo que él le respondió soy hombre de Dios aunque ya no vista el hábito, está bien dijo Mario, no me digas padre, dime simplemente Ambrosio. ¡Padre solo Dios! los dejó Mario, al ex sacerdote y a Estabana, olvidaba decir que llevaba dos hamacas, y pan suficiente para los cuatro días, el vehículo en el que llegaron, Mario lo condujo de regreso a su casa, quedaron de acuerdo que regresarían en cuatro días.

Ambrosio y Estabana contratan una lancha Y los condujo un pescador hacia la isla, el pescador reconoció al exsacerdote, algo sorprendido pues la habia visto en la iglesia oficiar la misa, para sus adentros se preguntaba, ¿Qué cosas sucede en estos tiempos? Pero no argumento palabra alguna, por respeto al ex sacerdote, sin saber absolutamente nada de lo que estaba acontecimiento, isla de Los Pajáros es más visitada que las otras, no por eso son menos bellas, existen cascadas bellísimas.

Llegaron a la isla, el pescador les dejó, Ambrosio le preguntó cuanto le debía y el lanchero pescador le dijo nada padre, yo a usted le conozco, entonces el exsacerdote le dió unos cuantos pesos al humilde pescador eran aproximadamente las once de la mañana, el día se presentaba radiante y lleno de luz, y los pájaros alegraban con su canto, penetraron a la isla, con sus mochilas al hombro, en donde llevaban el pan y algunas sardinas, la soledad de aquel lugar era para meditar en la grandeza de Dios, se internaron algo así como a 6 cuadras en la isla, cada vez más, el alboroto de los pájaros se hacía más grande y parecía toda una orquesta, pudieron observar loros, guacamayas, papagayos y aves, toda clase de aves imaginaos, una luna de miel en la isla en mención, única en su género, como para escribir una novela a lo Robinson Crusoe, como testigo el mar y el cielo, y las gaviotas que llegaban a posarse en las rocas solitarias, el exsacerdote se maravillaba de la imaginación, del autor de Robinson Crusoe: (Dafoe) y dijo: viviré una aventura igual.

Amarraron las hamacas para descansar en un sitio y lugar en donde estaban varios árboles, hicieron una fogata; así como Ambrosio la había visto en películas de exploradores y dijo para sí: serán tres Días inolvidables, por cierto había averiguado, días atrás que en la isla no existían fieras, ni animales peligrosos, solo aves de bellos colores, algunas culebras y zarigüeyas, solo existía la leyenda que el que iba allí quedaba embrujado por la flora y vegetación bella y exuberante y siempre quedaba hechizado, y con deseos de volver, esa primera noche fue testigo de aquel idilio, de aquel amor sostenido y callado por los prejuicios del celibato y el qué dirán de la gente religiosa, Ambrosio se entregó como nunca a Estebana, ambos se unieron en una trenza y a la hamaca se le rompieron los lazos, tuvieron que volver a atarlos nuevamente, sintieron ambos que eran dos adolescentes recuperando el tiempo perdido.

Amanecieron como dos ángeles abrazados, soñaron con el Edén y que ellos eran Adán y Eva. La luz del nuevo día les iba despertando y el ruido del mar les hizo volver a la realidad, el astro rey pintaba las olas de color rosa, él deseaba vivir una experiencia inolvidable, vió un cocotero, y como no estaba tan alto, se decidió a subirlo, con un gran esfuerzo lo logró, pues decía que en su juventud lo hizo algunas veces, pero entonces tenía dieciséis años, y ahora sesenta, ya no era lo mismo, había perdido práctica y agilidad... Al fin logró desprender de uno de los gajos que estaban bien cargados, desprendió seis cocos, que al partirlos poco a poco y desprender su cáscara exterior gruesa y al abrirlos en un extremo, brotó una deliciosa agua nutritiva, reconstituyente, calmando su sed y deshidratación, habían ya comido unos panes con sardina que resultaron deliciosos, solo que los mosquitos los impacientaban pero hicieron de nuevo una fogata y así los ahuyentaron.

Grande fue su asombro cuando vieron que un águila descendió violentamente y clavó sus garras a una serpiente, le destrozó la cabeza, luego alzó vuelo y se la llevo en sus garras (quizá al nido), donde la esperaban sus crías (aguiluchos) – asustados, pues no se habían percatado que a escasos 15 metros estaba la serpiente y entonces Ambrosio que era un gran lector se acordaba de las aventuras que escribió Emilio Salgari, para él su novela preferida era "Sandokan, el tigre de la Malasia" y donde se reunían los piratas – a repartirse sus "ganancias" en una isla llamada "Monpracen" y de cómo se arriesgaba en ir a ver a la hija de un capitán de la marina inglesa. Así le narraba historias a Estebana, convertida ahora en su esposa, con toda la paciencia y buena voluntad, la distraía con sus conocimientos literarios y su buena memoria, recordaba lo que había leído. Pasaron un segundo día muy contentos, llegaba la segunda noche y volvieron a buscar con que volver a encender una nueva fogata, con ramas y hojas secas, corteza seca de los árboles – y Ambrosio – aunque iba preparado con un encendedor, no quiso utilizarlo, el deseaba hacerlo igual que los exploradores cuando recurren a frotar una piedra con otra y producir una chispa, y así fue, lo realizó y se sintió muy contento y triunfante, lograron encender la fogata, ya la obscuridad se les había venido encima, esa noche abrieron unas latas que contenían un riquísimo jamón y con el pan que aún tenían cenaron tranquilamente. La luna iluminaba la playa de la isla de los pájaros, la noche fue avanzando lentamente y el silencio fue iluminado por la luna, solo se escuchaba el chirriar de los grillos y el croar de unas cuantas ranas dentro del bosque.

Amaneció de nuevo y al despertarse grande fue su sorpresa pues la mochila donde guardaban el queso muy delicioso producido en la casa de Mario por su esposa, de la leche de sus vaquitas, fué rota y abierta, llevándose su contenido. ¿Quién lo había hecho? No tenían ni idea, pues la isla es conocida por ser tranquila y entonces pensaron que el desayuno seria frugal y como habían muchas plantas de plátano, cortaron y procedieron asarlos en algunas brazas que aun persistían de la anoche anterior, la isla tiene fama de ser tranquila, y no tener animales peligrosos, solo algunas faunas, podríamos citar: Iguanas, toda clase de pájaros, y una cantidad de ardillas... y culebras que raras veces salen, pero dicen, algunas personas que la visitaron anteriormente, dicen y cuentan haber visto a monos, pero nadie da crédito a esa historia.

UN MONO LLEGA DE NOCHE

Después del desayuno frugal, Ambrosio decide hacer uso de la creatividad y con una vara larga que encontró le hizo la punta aguda en el otro extremo; y decidió ir a pescar así como había visto en las películas de exploradores. Le costó muchísimo trabajo, digamos coger algún pez pues son muy escurridizos pero al fin lo logró, eran tres y eran curbinas, fueron atravesadas y se las llevó a Estebana quien los aliño con el único cuchillo que habían llevado y encendieron de nuevo el fuego para asarlos, pues no tenían ni aceite ni cacerola alguna y pueden imaginar lo que hace la necesidad, ya tenían solucionado el almuerzo.

Esa noche se acostaron en la hamaca muy preocupados y durmieron con un ojo abierto y el otro cerrado. Por así decirlo, más que todo Ambrosio pues Estebana se durmió profundamente, la fogata siempre encendida para ahuyentar cualquier animal. Era algo así como la 1:30 de la madrugada cuando se escuchó un ruido que hizo despertar al exsacerdote Ambrosio, quien se encontraba medio dormido. El vio una sombra que se movía cerca de las mochilas y eran como manos negras. Del enorme susto lanzó un grito que despertó a Estebana, en su angustia agarró un leño, de los que había colectado para hacer fogatas, la sombra cambió de lugar, Ambrosio le lanzo el leño, con tan buena puntería que le logro dar en la cabeza. Era un mono araña, de esos que exhiben en el zoológico y que tienen cola, el mono cae atontado pero logra huir, de árbol en árbol y de rama en rama el mono se fue dijo Ambrosio, pues pudo alcanzar a ver su imagen que se confundida con las sombras de la noche ¡era un mono Estebana y te aseguro que no volverá! toda la madrugada hicieron comentarios pues no lograron conciliar el sueño Ambrosio trata de consolar a Estebana, pues lloraba y temblaba de miedo y ya casi amaneciendo se abraza a ella y repiten la luna de miel.

Ambrosio vuelve a la tarea de pescar con la vara y logra atravezar dos mojarras que le sirvieron de un suculento desayuno y después de reposar un buen rato decidió subir al cocotero y vuelve a trepar con un esfuerzo y logra córtar cuatro cocos pues como dije anteriormente, el cocotero no era tan alto y cuando venía en descenso del árbol cocotero algo sucedió que perdió el equilibrio, y cae, enorme golpe que le dejo casi desmayado,por un buen rato pero afortunadamente no se dañó ni un hueso y pudo recuperase. Estebana le decía que lo amaba y le felicitaba por ser tan valiente, aún conserva la juventud y el coraje, de un muchacho, le dijo ella.

Se encontraban En el acuario de Mazatlán, y eran las once de la mañana del tercer día y comenzaron a desenredar las hamacas – habían decidido regresar – no sin antes darse un buen baño en el mar. A lo lejos se veían dos barcos, después continuaron su tarea de regresar, pero se habían extraviadoycaminaronensentidocontrario,nosabían ya donde se encontraban. Pasaron en su angustia por un río que no habían descubierto y que tenían unas pozas y caídas de agua que formaban remansos de agua tranquila, agua dulce, y decidieron volver a meterse al agua para quitarse la salinidad que ya les estaba molestando. Afortunadamente Ambrosio se volvió a orientar, y lograron encontrar el camino por donde habían llegado ya Mario les estaba esperando con otros amigos y la cruz roja, pues temían que algo les hubiese sucedido el lanchero que les condujo a la playa era el mismo, Mario le felicitaba y todos se abrazan. Estaban frente al malecón de Mazatlán, bello puerto, turístico de Mazatlán de México, del pacifico, de América, de nuestra América de Sinaloa ¡Que viva Dios y el creador de tanta belleza!

Mario condujo el auto hasta su casa, en donde le estaban esperando, con una pequeña pero linda reunión, se sintieron muy felices al llegar. La esposa de Mario había preparado unos ricos tamales de elote, así como se preparan en El Salvador. Mario había contratado una marimba, para alegrar el ambiente, y que los recién casados estuviesen felices – prepararon unas gallinas, bien sabrosas, el caldo, no sin antes celebrar con unos vinos deliciosos – pero que hacían su efecto – Mario había comprado una garrafa de vino procedente de Baja California- pues allí tienen viñedos y cultivan la uva. Estuvieron muy alegres, cantaron , bailaron, hicieron remembranzas cuando Vitelio se conoció con Socorro y de todas las aventuras que tuvo Mario que enfrentar cuando buceaba en la búsqueda de perlas, y del encuentro con los seres Sirénidos y muchos más. El ex sacerdote se sentía realizado, se había quitado la máscara de la religión y recordaba las enseñanzas de Jesús que decía: que no quería sacrificio solo amor y entrega y que nacemos para ser libres, y que la verdad os hará libre. Tremendas y sabias palabras del hombre Dios, amar, amar, amar como lo había dicho él, cuando le dijo a alguien muchos has amado; muchos pecados te han sido perdonados. Él le habla a todos, a buenos y a malos, a justos y a injustos. Ejemplo de estos es cuando salva a María Magdalena de ser lapidada así pues dijo: ¡que pecado tiene que yo ame a Estebana!

Pasó la alegría y llegó la calma y el exsacerdote se estuvo casi una semana en la casa de Mario y le dice: Mario deseo hablar contigo, es algo muy importante y es que me ayudes a buscar una casa para alquilarla y acomodarme para empezar mi nueva vida.

Mario le pone de manifiesto su buena voluntad y después de unos instantes de la conversación, Mario le da las llaves del auto y le dice: Vamos a donde usted me diga a buscar una vivienda, y así fué, encontraron algo que les gustó después de cuatro horas; pero la encontraron como a diez cuadras aproximadamente de donde vivía Mario, el exsacerdote tenía unos cuantos "ahorritos", y pagaron el primer depósito y el primer mes de renta y así fue poco a poco fue llevando sus pertenencias y Estebana ayudó en el traslado. La esposa de Mario y sus hijas colaboraron también. Ambrosio se sentía bien favorecido, pues Estebana quedó con una buena herencia que le dejo su difunto ex esposo y le decía que la iban a compartir pues solo a ella le quedo todo. Ambrosio se incorpora a un instituto para ofrecer sus conocimientos a los jóvenes de bachillerato y así sentía que cumplía con una noble misión, como es la de educar y preparar a los jóvenes.

Pasaron dos años y al fin decide hablar con el director del instituto, para pedirle permiso por un par de meses sin goce de sueldo, el director le dice: ¿Ambrosio, es que no te sientes bien con nosotros? Y él le responde: lo que sucede es que deseo ir a El Salvador, deseo ir a conocer ese pequeño, pero gran país y conocer su idiosincrasia conocer a su gente y la verdadera historia de las masacres ocurridas en ese país hermano, deseo conocer su catedral y la tumba de Monseñor Romero, ahora convertido en Santo recuerda que fui sacerdote y me exige el corazón, el alma y el espíritu que visite la patria de ese gran hombre y sacerdote que murió asesinado por hablar la verdad, por estar en contra de la injusticia, por estar en contra de toda maldad habida y por haber.

El director escuchada y no encuentra objeción alguna para negarle el permiso, así que pues Ambrosio regresara a su hogar y le comenta todo a su esposa, desde luego ella le dice que sí, y que desea conocer El Salvador, cuando trascurrieron dos días, van a la casa de Mario y reúnen a la familia. Comenta el proyecto del viaje y desean que Mario les acompañe.

Mario sorprendido no salía de su asombro y su esposa también pero la conversación tiene un final feliz y convencieron a Mario, la esposa de Mario pensativa no tiene otro recurso más que aceptar la idea, pero no iría, pues desea quedarse cuidando a sus hijas, Mario medita y al principio le parece un sueño, una paradoja, pues él, conocedor de todos los problemas que sufre nuestra amada patria chiquita.

Pero tenía que acompañar al exsacerdote, llevarlo y ¿quién mejor que él cómo guía? Vuelve a meditar y llega a la feliz conclusión que todo esto obedece a un plan de Dios.

Así pues ya tomada la decisión se deciden ir a adquirir los boletos de avión en una aerolínea y el día anunciado parten los tres, Ambrosio, Mario y Estebana.

Ambrosio durante el viaje va pensando y meditando en Monseñor Romero, y su entrega y su vida piensa también en la vida de Jesús y sus enseñanzas, que atentaban contra las creencias religiosas y contra los intereses de la época, lo mismo le ocurrió a Monseñor Romero y que el Jesús que seguimos no es el que realmente fue, es una imagen creada para generar un tipo de control social por eso me quite la máscara, por eso dejé el hábito, por eso ya no soy sacerdote y en cuanto Estebana su esposa iba contenta, muy contenta y entusiasmada, pues aunque poseía recursos económicos, nunca salió de su país ni cuando estuvo con su anterior esposo así que era la primera vez que salía de sus fronteras patrias, de su México lindo y querido.

En cuanto a Mario, iba contento, preocupado, emocionado, pues había pasado ya un buen tiempo que no veía su patria; una cantidad de emociones encontrados, la tierra que lo vió nacer.

El anuncio después de tres horas y media de vuelo; les habla el capitán de este vuelo, Mazatlán, San Salvador, hemos realizado un vuelo exitoso. En este momento comienza el descenso, en veinte minutos estaremos aterrizando. Por favor apagar sus celulares y ajustarse los cinturones.

Hemos aterrizado en el aeropuerto Monseñor Oscar Arnulfo Romero, hemos llegado, le rogamos permanecer en sus asientos y así comenzaron a desocupar los espacios para retirar sus pertenencias.

Cuando Mario ingresó al aeropuerto, a nuestro aeropuerto, sintió una gran emoción y no pudo contener las lágrimas, lloró y se abrazó con Ambrosio, el exsacerdote un hombre conocedor del alma humana, lo comprendió y le abrazaba también, el comprendía la enorme aventura que había vivido Mario y la que continuaba viviendo.

Estebana alegre y sorprendida pues en su imaginación creía que en nuestro país estábamos, más atrasados, se sorprendió de ver tantas personas laboriosas y lo hospitalario de nuestra gente, pasaron por todo los registros, como nadie los iba a esperar para recibirles, Ambrosio le dice a Mario:

abordemos un taxi y que nos lleve a la capital, muy bien dijo Mario y contrataron un taxi que les pareció el mejor. Mario sugiere a ambos que no hablen en el trayecto, para que no les sientan el acento mexicano el taxista. Y les cobre lo justo, el taxista les consulta, hacia dónde se dirigen. Si le dice Mario, llévanos al "Hotel Alameda" que se encuentra ubicado en la Alameda Roosevelt, en una hora y 20 minutos han llegado, a Mario se le olvidó preguntarle cuanto les cobraría, quizás por la emoción se le olvidó preguntar, pero el taxista siendo honesto les cobro $30.00, que con gusto lo pagaron.

Estebana venia contenta, emocionada, pues era la primea vez que disfrutaba de un viaje internacional, se acomodaron en el Hotel Alameda, en el tercer nivel. Ambrosio en una suite con Estebana y Mario en otra, descansaron lo suficiente pues salieron a las 10:00 am, de Mazatlán, y quiérase o no, siempre cansan los viajes, aunque nos emocione.

Ambrosio le consulta a Estebana ¿que si traía dinero? Aunque él no venía desprevenido, pero sabía que su esposa le ayudaría con los gastos aunque la pregunta fue indiscreta, Estebana le dice que si venia preparada y que traía un efectivo de $5000.00 para disfrutarlo y Ambrosio traía $3000.00, así que digámosle a Mario que no se preocupe, que nosotros cubriremos todos los gastos, les habían dicho que El Salvador era un país, peligroso antes de emprender el viaje Ambrosio pensó: si he de morir que importa, pues "moriré" por amor y una causa noble. ¡Jesús murió por amor! Entrego su vida por amor.

Por la mañana del día siguiente; le consultaba a un empleado que los condujese al restaurante, pues deseaban desayunar y así fue. Se sentían muy complacidos con la atención que recibían. Desayunaron con un gran apetito y estuvo delicioso. Ambrosio le dice a Mario, que el primer día iban a visitar el lugar más bello que el como buen salvadoreño conozca y Mario piensa y decide llevarlos al Hotel de Montaña Del "Cerro Verde", para contemplar el Volcán De Izalco el "Faro del Pacifico". Un taxi del Hotel los condujo, todo iba a ser sumado a una sola cuenta y llegan como a las once de la mañana. Ambrosio y Estebana se quedaron sorprendidos con la exuberante flora y árboles que se encuentran en todo el camino, también les impresionaron los cañales, Mario recordaba aquel poema de Alfredo Espino "Eran mares los cañales" "en que yo contemplaba un día", llegaron al hotel de Montaña pero ellos solo iban al mirador a contemplar, el imponente y majestuoso, Volcán de Izalco. Mario les explica que ahora se encuentra inactivo, pero estuvo activo por muchos años, y los barcos lo observaban desde el mar, desde el océano Pacifico, y por eso le llamaron y bautizaron con ese nombre "El Faro del Pacifico", allí almorzaron y una hora después, salieron del Hotel de Montaña. El taxista les pregunta hacia donde les llevo y entonces Mario se le ocurre visitar Izalco, ciudad cabecera del municipio departamento de Sonsonate.

Estando allí fueron a conocer su iglesia y la campana, que se encuentra en la entrada. Contaba y narraba un ancianito que se encontraron que la historia de la campana era desde la conquista decía que la donó Carlos V, Mario narró que existe una novela: CENIZAS DE IZALCO. De la escritora y poeta Claribel Alegría. Originaria de Nicaragua.

Fue la época del levantamiento campesino liderado por Farabundo Martí que concluyo con la masacre de 1932. Masacre llevada a cabo por el tirano dictador Maximiliano Hernández Martínez, Ambrosio como sacerdote era muy instruido, pero desconocía de estos acontecimientos históricos y le dice a Mario – ¿Cómo es que conoces todos estos datos históricos? Y Mario responde es que me encanta y apasiona la lectura; y la historia de mi país y la de todos los países. ¡Mario te felicito, yo no sabía de tus conocimientos literarios e históricos! El ancianito les acompañó hasta el parque y lo invitaron a beber chilate con nuégados bien sabrosos. Le toman fotografía a la iglesia y al despedirse le dan $20.00. El ancianito no cabía de contento, le abrazaron y se despidieron. De regreso al hotel Alameda, en el trayecto Mario le comento a los esposos que Izalco era la cuna de un gran escritor – llamado José Roberto Cea y que hace algún tiempo fue a visitarle en una colonia de San Salvador y que él le obsequio dos libros llamados "SIHUAPIL TAQUESTSALI" lenguaje en Nahuat, "Teatro y de una comarca Centro Americana", todo esto marcado por un sello de la originalidad incorporándole un indigenismo autentico tomando conciencia de lo nuestro puramente americano.

Llegaron al hotel Alameda y ya tenían hambre y se dirigen al restaurante, pero antes de cenar Mario les sugiere que si se pueden bebe una cerveza nacional puramente Salvadoreña y les sirven Pilsener, una para cada uno, pero Estebana solo la acepta por cortesía. Así pues, cenaron una deliciosa carne que pidieron a la parrilla en brasas azada, riquísima, y con el hambre que traían se hacía más deliciosa.

Al día siguiente Ambrosio le consulta a Mario ¿y este día adónde iremos? Dice Mario: te llevare al mirador de los planes de Renderos, desde donde podrás ver toda la capital, te gustara. Ya los estaba esperando el señor taxista, esto ya es un arreglo con el hotel. Al llegar al mirador de los Planes de Renderos, Ambrosio dice: que magnifica vista y que fresco es aquí, recordemos que Mazatlán es puerto, es cálido, y permanecieron como una hora y media disfrutando del panorama. Pide Mario al taxista que los lleve a Panchimalco, y así fué. Visitan la Iglesia que tiene mucha historia, luego se dirigen a un pequeño negocio en donde vendían pupusas y ahí disfrutan del plato típico Salvadoreño. Luego Ambrosio le pide a Mario que le hable más de sus grandes hombres y escritores. Entonces Mario hace mención de Salarrué; de Arturo Ambrogi que fue un gran cronista tanto del campo como de la ciudad. Panchimalco se parece a algunos pueblitos del sur de México, en el Estado de Tabasco le expreso Ambrosio – su gente, sus costumbres, etc. Pero Mario cuéntame de los sucesos más graves y crímenes de lesa humanidad, recuerda que a eso hemos venido.

Mario le dice que la guerra fue el resultado de una larga cadena de opresión e injusticia y farsa electoral más de cincuenta años de militarismo infame y una falsa democracia estudiantes universitarios, sacerdotes, maestros, líderes sindicales asesinados, el caso del asesinato de los jesuitas en la universidad Católica (UCA) y de Rutilio Grande, Sacerdote. Cuando Ambrosio escuchó la palabra sacerdote, puso mayor atención y le dice: cuéntame más; un rector de la universidad nacional desaparecido (Félix Ulloa, padre) es lo que recuerdo le dice Mario – poetas asesinados y desaparecidos – es el caso específico de Mauricio Vallejo Marroquín padre de Mauricio Vallejo Márquez y Suárez Quemaín, tragedia de mi patria.

Ambrosio se conmueve y le pide que lo lleve de regreso al hotel Alameda, para descansar y preparar su cámara de video para llevar recuerdos de esta Patria Nuestra. Ambrosio se notaba triste, apesadumbrado y se le humedecieron los ojos, Estebana se percata y lo abraza y le dice cuanto lo ama. Un dato curioso, es que Mario y Ambrosio ya no se tratan de usted si no de Tu. Ambrosio antes de levantarse e irse al baño, medita nuevamente y piensa que Mario nunca le mintió desde el primer instante, siempre le dijo la verdad y después del desayuno le pide a Mario que le lleve al Lago de Ilopango. Llegan en cuarenta y cinco minutos, cuando Estebana y Ambrosio contemplaban el lago, se extasían parece una esmeralda y buscan un negocio de comida frente al lago y contemplan aquella belleza que comunica al solo verlo.

Ambrosio le dice a Mario: ¿Cómo es posible que un escritor salvadoreño?, Denigre tanto a El Salvador en su novela "El Asco" no lo se le dice Mario, es que no la he leído, a mí me llegó por casualidad, alguien la dejó olvidada, alguien que asistió a mi iglesia. Y después de disfrutar del bello panorama que comunica el lago de Ilopango, Ambrosio le sugiere a Mario que regresen a la Catedral de San Salvador en donde se encuentra la tumba de Monseñor Romero.

El taxista más entusiasmado pues sabía que estaba ganando como nunca. Llegan a la catedral, Ambrosio completamente emocionado no lo podía disimular. Se arrodillaron los tres ante la tumba de un gran santo, de un gran hombre y de un gran sacerdote. Cientos de personas lo visitan y algunas señoras y hombres lloran y le recuerda como era la voz de los sin voz. Siempre grande, siempre humilde, siempre amoroso con su pueblo. Mario llora y también Ambrosio llora. Estebana no pronuncia palabra y enmudece. Regresan al hotel, era la hora del medio día, deciden no salir y quedarse conversando; y sale la pregunta: Mario no me has hablado del poeta Roque Dalton que también fue asesinado por sus mismos compañeros de lucha, Mario le narra todo que Roque fue siempre perseguido y que viajó por diferentes países. Estuvo en Cuba en la época de Fidel. Ambrosio solo escucha y le dice: se nos había pasado por alto y que escribió una novela que se llama; "pobrecito poeta que era yo". Fíjate que no he leído gran cosa pero te diré: que el escritor, Argentino Julio Cortázar lo menciona y dijo que fue una estupidez de las más grandes. Estebana se retira a descansar entonces Ambrosio le sugiere que hagan un brindis y piden un par de wiskis con hielito. Mario no era alcohólico y Ambrosio tampoco pero se alegran y conversan más entusiasmadamente. Mario le dice que sabe de un poeta que ha escrito un libro de poesía cuyo nombre es Bitácora y que desea saber quién la está vendiendo, en la librería. Ambrosio le dice la buscaremos y me la llevaré para Mazatlán, deseo leerla despacio. Solo sé que su autor es el poeta Mauricio Vallejo Márquez. Entonces recuérdame. Antes de partir, ah!; y no lo olvides ya no me digas padre soy un ser humano corriente como todos, padre solo Dios, yo ya me quité el disfraz, entonces Mario le observa y de la comisura de sus labios parece que se va a escapar una sonrisa.

¿Y ahora? A dónde les llevaré, dice el taxista. Mario le dice: llévanos a Chalchuapa, deseamos visitar El Tazumal que son vestigios de la civilización Maya Mesoamericana. El taxista responde: yo les llevo al Tazumal; en Chalchuapa eso de "Mesoamérica", no lo sé. Le dice Mario: "La Pirámide del Tazumal" fue construidos por la civilización Maya época Precolombina, el exsacerdote al escuchar todo esto se puso pensativo y se acordó de su México lindo, con los templos de Teotihuacán, Chichen Itza y Palenque ¡Que maravilloso e interesante!, e histórico el exsacerdote se extasía contemplando dicho monumento arqueológico, maya precolombino 900 A.C. y sin poder calcular los periodos del tiempo le toman videos para llevarlos de recuerdo. La señora

Estebana se sentía aburrida con tanta explicación histórica que les daba a su esposo, recorren la ciudad y ya cansados, desean ir a conocer el lago de Coatepeque, por sugerencia de Mario que como buen Salvadoreño hace la propuesta (el taxista anotaba en un cuaderno recorrido tras recorrido). De regreso pues para el lago de Coatepeque y llegan en otras dos horas con apetito y cansados. Considerados como uno de los Lagos más bellos del mundo "Coatepeque" en lengua nahuat "Cerro de Culebras", se vuelve color turquesa, tiene muchas leyendas de los Pipiles. Así pues encuentran un pequeño restaurante frente al lago, el exsacerdote le dice a Mario: que bella es tu tierra. Aquí nació le explicaba Mario el músico y poeta "PANCHO LARA" en una hacienda de estos lugares, autor de la melodía "El Carbonero", considerado nuestro Segundo Himno. Y habla de las cortadoras del café de nuestra tierra, ¡ah! Dice Mario a don Pancho Lara. Ahora le han levantado un busto en el Barrio Calendaría, que ironías es las de la vida, pues cuando él vivía paso muchas penurias y hambres. Llegan nuevamente y conversan Ambrosio y Mario, y le sugieren a Mario que esta vez no irían tan lejos, si no más cerca ir a conocer el museo nacional David J. Guzmán. Así se van al museo y Ambrosio desea conocer la cantidad de piezas arqueológicas prehispánicas. Y lo sagrado y místico del Jaguar símbolo de poder para los Mayas. Para nuestros padres Mayas, el jaguar se representa como símbolo sagrado del arte Maya. "Un día los hijos de Jaguar se levantarán de su letargo y reclamaran la tierra que les fue arrebatada a sus ancestros". "Antigua Alegoría Maya" todo esto lo iba a notando Ambrosio y que hace más de mil quinientos años hubo una gran erupción en lo que ahora es "Joya de Cerén". Todo le resultaba tan interesante, lo del jaguar, lo de los mayas, y las piezas arqueológicas, cuando de repente Estebana sufre un desmayo; ella venia atrás, caminando despacio. Mario y Ambrosio la levantan y piden que les presten una silla, y así fue. Estebana pálida y lívida, pero a los diez minutos comenzó a reponerse. Le traen un vaso de agua, recobra el aliento y deciden regresar. Preocupados y a las vez tristes pues no pudieron terminar el recorrido en el Museo, Estebana, se repone y le pide a Ambrosio que la lleve a un médico, ella albergaba la sospecha sobre un supuesto embarazo pero no les comento nada.

Al día siguiente van a un laboratorio médico. Pues Mario les llevó y le hacen exámenes de sangre y otros etc. Para comprobar lo que ella venia sospechando desde hace varios días y cuando regresan de los resultados; eran ciertas sus sospechas ¡Estebana estaba embarazada! Así se lo confirmó el médico. ¿Cómo es posible? Si Ambrosio tiene sesenta años y yo cuarenta pero así son las sorpresas definitivamente esto hace feliz a ambos. Ya estas alturas están pensando en el regreso, pero aún les faltaba algo; Ambrosio le dice a Mario llévame nuevamente a la catedral y los tres se dirigen a la catedral Metropolitana de San Salvador. Ambrosio se arrodilla y da gracia a Dios por haberle permitido conocer El Salvador y la maravillosa aventura que los tres han vivido. Cuando sale de la Catedral, Ambrosio le pregunta a Mario ¿qué de quién es esa estatua ecuestre? Y Mario le explica que es de un héroe nacional que lucho por la unión Centro Americana, y que fue fusilado por intereses mezquinos, de la política de esa época; se trata del Capitán General Gerardo Barrios. A él se le debe la introducción del grano del café en El Salvador. Fue presidente de la Republica entre los años de 1859 y 1863, fue promotor de los ideales unionistas con el General Francisco Morazán, El padre de Centro América. Ambrosio se impresiona ante la explicación de Mario y le dice: ¿Cómo es que sabes todo eso, es que me apasiona la historia? Y le dice: ¡Este militar, si era un gran hombre! para los ideales de la unión

Centroamericana, y por eso lo fusilaron. Por intrigas así muere los grandes hombres ¡Te felicito Mario! Me has dejado impresionado y Ambrosio piensa y le trae a la memoria la crucifixión de Nuestro Señor Jesucristo.

Estebana ya se siente mejor de salud y solo piensa en el regreso y así fue. Llegaron al hotel y se pusieron en orden todas sus maletas y algunos recuerdos que habían adquirido. Mario en una bolsa llevaba, un poco de tierra (bolsa pequeña) de tierra Salvadoreña, así pues el día siguiente a las 10:00 am abordaron el vuelo que los llevaría a Mazatlán México Sinaloa, Mario sentía que dejaba pedazos de su alma en la tierra que lo vio nacer.

www.ingramcontent.com/pod-product-compliance
Lightning Source LLC
LaVergne TN
LVHW050317160826
845677LV00014B/3445

* 9 7 9 8 2 1 8 0 1 0 7 1 3 *